STEFAN RENSCH

WILLOW

IN DEUTSCHLAND

WILHELM HEYNE VERLAG
MÜNCHEN

Unter www.heyne-encore.de finden Sie das komplette Encore-Programm.

Weitere News unter www.heyne-encore.de/facebook

MIX
Papier aus verantwortungsvollen Quellen
FSC® C084279

Verlagsgruppe Random House FSC® N001967

Redaktion: Gabriele Monjau
Umschlaggestaltung:
Nele Schütz Design / Margit Memminger, München,
unter Verwendung eines Motivs von Katja Früh
Innenbilder: Katja Früh, instagram.com/fruehkatja/
Satz: Schaber Datentechnik, Austria
Printed in Slovakia
Druck und Bindung: Print Consult, München

ISBN: 978-3-453-27183-8

Name und Beruf?
Kenny Rogers, Nobelpreisträger.

Was?
Für.

Was?
Für Literatur.

1. Januar

O mein Gott. Wie sehe ich denn aus? Das Schaufenster spiegelt mich in voller Größe wider. Musste das sein? Ich dachte *Durchschnitt.* Ich drehe mich im Kreis, betrachte mich von allen Seiten und komme trotz wohlwollender Empathie nur zu einem Ergebnis: Mängelexemplar. Als ich die Straße hinaufblicke, bin ich beruhigt. Es hätte schlimmer kommen können.

Vier Grad Celsius bedeuten für diesen Körper offensichtlich das Todesurteil, denn ich erfriere. Warum ich nur einen Bademantel mit Schäfchen darauf trage, ist mir ein Rätsel. Zudem wird mir schwindelig, ich drohe umzufallen, halte mich an einer Laterne fest, bis mir glücklicherweise einfällt, dass dieser Organismus Sauerstoff benötigt, dass ich atmen muss. Meine Güte. Die Fortbewegung zu Fuß ergibt auch keinen Sinn. Die Geschwindigkeit dürfte knapp über Stillstand liegen. Ich gehe ums Eck und sehe das weiße Mehrfamilienhaus. Ein Jahr lang wird die Wohnung im zweiten Stock meine Basis sein. Ein Jahr ist für mich nur ein Wimpernschlag. Ich hoffe, er geht schnell vorbei.

2. Januar

Habe mit Bravour die erste Prüfung bestanden: Schlaf. Körper und Geist sind schon nach wenigen Stunden erschöpft und müssen neu aufgeladen werden. Sie fallen dann in eine Art Trance und sind völlig nutzlos. Zudem träumte ich von fliegenden rosa Elefanten. Warum? Keine Ahnung, ich habe länger darüber nachgedacht, konnte aber zu keiner logischen Erklärung gelangen. Das kommt davon, dass meine Intelligenz im Dienste der Forschung der menschlichen angepasst wurde. Ein schwieriges Unterfangen, da sie nach unseren Maßstäben nahezu nicht messbar ist. Ich gehe instinktiv ins Bad, reinige den Körper mit fließendem Wasser und putze mir die Zähne. Als mein Blick auf die Toilette fällt, überkommen mich Zweifel. Ich ahne, was passieren wird, darüber berichten aber werde ich nicht. Nur so viel: Ich werde nie wieder eine Toilette besuchen, nie wieder!

3. Januar

Es ist irritierend, in einer Wohnung zu sein. Sechzig Quadratmeter, auf zwei Zimmer, Küche, Diele, Bad verteilt, haben meiner Meinung nach nichts mit dem Begriff Freiheit gemein. Zudem scheinen Menschen Angst vor anderen Menschen zu haben, denn die Wohnungstür lässt sich nur mit einem Schlüssel öffnen. Mein Lieblingsort ist die

Küche, mein Lieblingsgegenstand der Kühlschrank. Instinktiv. Mein Körper sendet immerzu Signale, ihn zu öffnen und von den wundersamen Köstlichkeiten, die dort lagern, zu kosten.

4. Januar

Als Erstes möchte ich die Nachbarn etwas besser kennenlernen.

Ich klingle gegenüber. Die Tür geht auf, und eine junge Frau mit verfilzten blonden Haaren und einem T-Shirt, auf dem *Der goldene Schuß* steht, starrt mich an. Ich sage: »Hallo.« Die junge Frau antwortet: »Und?« – »Ich wollte nur mal Hallo sagen.« – »Gut.« Die Tür geht wieder zu.

Als Erstes möchte ich die Busfahrer etwas besser kennenlernen.

5. Januar

Habe mich den ganzen Tag mit einem Kasten beschäftigt, der Fernseher heißt. Bin völlig verwirrt. Angeblich sitzen Menschen drei Stunden vor diesem Kasten. Die Gründe dafür sind mir ein Rätsel. Werde meine Studien diesbezüglich ausweiten müssen.

6. Januar

Habe heute Mathilde Molenbach aus der Ersten kennengelernt. Mathilde Molenbach ist 81 Jahre alt. Ich hätte sie auf 120 geschätzt. Ich darf Mathilde Molenbach MM nennen. Sie habe die gleichen Initialen wie eine gewisse Marilyn Monroe, und auch ansonsten, sagt sie, seien die Parallelen erschreckend. Wir plauderten über das Wetter. Ich weiß nicht, warum.

7. Januar

Der Kühlschrank füllt sich merkwürdigerweise nicht von alleine wieder auf. Zum Glück gibt es Supermärkte. Ich entscheide mich für Edeka, die Lebensmittel lieben. Sie müssen Brüder und Schwestern im Geiste sein! Am Eingang erwarten mich Boskop, Braeburn und Granny Smith, Melonen, die Tonnen wiegen, Paprika in Grün, Gelb und Rot, Zucchini, Gurken, Tomaten, Salate und Nüsse aller Art. Im Innern geht die wunderbare Schau weiter, eine große Auswahl an Broten und Kuchen, eine Süßwarenabteilung voller Lakritze, Gummibärchen und Schokolade, Konserven, die mexikanische, japanische und italienische Zutaten preisen. Begeistert fülle ich den Einkaufswagen mit all den zauberhaften Köstlichkeiten. Ich bin in ausgelassener, ich möchte fast sagen euphorischer Stimmung, bis ich die Regale mit den Nudeln passiere und wie vom Blitz getroffen erstarre.

Leichenteile.

So weit das Auge reicht. Eine ganze Auslage voller Beine, Rippen, Hüften, sogar Innereien wie Lebern und Herzen werden feilgeboten. Es riecht nach Tod, nach Verwesung, nach Spülmittel. Für die Angehörigen muss es ein Schock sein, ihre Liebsten dort lagern zu sehen. Doch niemand sonst scheint sich an diesem Exitus zu stören, ganz im Gegenteil: Freundlich aussehende Menschen legen die Leichenteile in ihre Einkaufswagen. Ich habe keine Ahnung, was sie damit anstellen werden, zu Hause, in ihren vier Wänden. Ich möchte es auch gar nicht wissen. Meine Fantasie aber spielt mir Bilder zu, die ich auf dem schnellsten Wege zu vergessen trachte.

8. Januar

Ich stehe auf dem Marktplatz, als der Regen einsetzt. Wie schön. Mein erster Regen! Tropfen platschen auf den Bordstein, vereinzelt landen sie auf meinem Kopf oder meinem Körper, es werden mehr, immer mehr, und lauter wird es, ein plitschplatschendes Konzert, die Luft reinigt sich, die Menschen um mich herum holen Schirme hervor oder suchen einen Unterschlupf, ich aber begrüße dieses grandiose Naturereignis mit offenen Armen und bleibe wie angewurzelt stehen. Eine Stunde lang vergesse ich Zeit und Raum, bis ich klitschnass bin, friere und das sonnige Gemüt wolkig wird. Das nächste Mal sage ich nur kurz Hallo.

9. Januar

Zum ersten Mal Schokolade probiert. Liebe!

10. Januar

Habe heute wieder die junge Frau von gegenüber im Treppenhaus getroffen. Diesmal trug sie ein T-Shirt mit der Aufschrift *Dalli Dalli*. Die Wiedersehensfreude war groß, und so begrüßte ich sie mit gebührendem Enthusiasmus: »Was für ein Zufall! Was für eine Freude! Hosianna!« Das Wort *Hosianna* habe ich gestern zum ersten Mal gehört, in diesem Fernseher, es wird wohl benutzt, wenn ein Mensch auf einem Esel in eine Stadt reitet, und gilt als Zeichen großer Begeisterung. Seine Wirkung hat es jedenfalls nicht verfehlt. Sogar ohne Palmwedel! Sie sah mich zwar ein wenig merkwürdig an, sie sagte auch nichts, dafür aber kommunizierte sie nonverbal, ein Anfang, ein Fortschritt, ein Hoffnungsschimmer auf dem steinigen Weg, die besten Nachbarn der Welt zu werden, wenngleich ich unbedingt mal nachschlagen muss, welche Bedeutung ein ausgestreckter Mittelfinger hat. Liebe? Frieden? Schokolade?

11. Januar

Ich gehe nach unten in den Kiosk. Hamid steht hinter dem Tresen und begrüßt mich überschwänglich. Ich begrüße ihn genauso überschwänglich zurück. Es ist zwar erst das zweite Mal, dass ich den Kiosk betrete, aber ich werde das wundersame Gefühl nicht los, dass wir bereits beste Freunde sind. Hamid ist der CEO des Kiosks, so jedenfalls hat er sich mir vorgestellt, und bisher ist mir noch niemand begegnet, der eine positivere Ausstrahlung hat. Hamid ist zudem ein Alleswisser, er weiß über jeden im Viertel Bescheid und hat auf jede Frage eine passende Antwort. Ich halte ihn für einen Gelehrten. Ich bestelle eine Tüte Gemischtes mit extra vielen sauren Gurken, als mein Blick auf die Auslage mit den Zeitschriften fällt. Ich frage Hamid, welche er mir empfehlen würde, wenn ich Frauen, dieses andere Geschlecht, näher kennenlernen möchte. Er beglückwünscht mich zu meiner Wahl, einen besseren Experten hätte ich nicht finden können, sagt er. Dann bekommt sein fröhliches Gesicht ernsthafte Züge, er spricht von einem heiklen Thema, einer Lebensaufgabe, einem Studium, das hohe Ansprüche stelle und bei dem Anfänger schon bei der Wahl der einschlägigen Literatur schmerzhafte Fehler begingen. Er legt seinen rechten Arm um meine Schulter, wir betrachten gemeinsam die Auslage, in aller Stille und voller Konzentration, bis Hamid plötzlich loslegt und mir ein umfangreiches Paket zusammenstellt: *Joy*, *Laura*, *Lisa*, *Maxi*, *Petra*, *Tina*, *Donna*, *Madame*, *Glamour* und *Das Goldene Blatt*. Ich bin gespannt.

12. Januar

Habe die spannende Lektüre beendet und bin unsicher, ob es unbedingt notwendig ist, Frauen näher kennenzulernen. Etwas Gutes aber hat es auch: Ich bin nun ein Experte für europäische Königshäuser, kenne mich sehr gut im Bereich Feuchtigkeitscremes aus und weiß, dass Cellulite und Diäten zu den wichtigsten Themen überhaupt gehören.

13. Januar

Packte die Gelegenheit beim Schopf, um beim Bäcker etwas Feldforschung zu betreiben. Fragte die Dame vor mir, welche Feuchtigkeitscreme sie benutze und was sie gegen ihre Cellulite zu tun gedenke. Sie hat sich einfach umgedreht und mich ignoriert. Wahrscheinlich eine Ausländerin, die der hiesigen Sprache noch nicht mächtig ist.

14. Januar

Was mir auffällt: Menschen sind unbeschreiblich unschön. Die schönen Tiere haben Fell: Katzen, Hunde, Pferde. Bei den hässlichen sieht man vor allem Haut: Nacktmulle, Schweine, Menschen. Warum? Bin auch unsicher, ob die Bewohner dieses Hauses tatsächlich den Durchschnitt repräsentieren. Die eiserne Jungfrau in der Dritten ist nur eine der zahlreichen Irritationen. Sie ist Mitte 50, hat lange, lockige, schwarz-graue Haare, einen wild wuchernden Vollbart, einen Bierbauch und hört auf den Namen Klaus. Sie trägt immer nur T-Shirts mit dem Schriftzug *Iron Maiden*, darunter ein totenköpfiges Monster, das eine Sense oder einen Hammer in seiner blutverschmierten Hand hält.

15. Januar

Das erste Mal Pizza probiert. Liebe! Und das Beste: Sie liefern die Pizza nach Hause! Nur der junge, nach Schweiß riechende Lieferant tat mir ein wenig leid, in seiner pinkfarbenen Uniform, die seinen pompösen Bauch nur notdürftig bekleidete.

16. Januar

Ich weiß, dass der menschliche Körper sterben kann. Ich hörte von Schmerzen. Und nun bin ich voller Bewunderung für diese Spezies. Es ist mir ein Rätsel, wie man so etwas ertragen kann. Welche Stärke, welche Größe muss diesen merkwürdigen Geschöpfen innewohnen? Wie glühende Lavabrocken trafen mich die pochenden Schläge, als ich mir den rechten Arm an einer Ampel stieß. Eine

Stelle in Größe eines Hosenknopfes wurde blau, es war nur eine Frage der Zeit, bis das Blaue sich ausbreiten und der Arm abfallen würde. Zu gerne nur hätte ich diesen Todeskampf abgekürzt, aber nein, ich muss ja warten, bis er komplett kaputt ist, dieser Körper, bevor ich ihn wieder erneuern kann. Erfahrungen sammeln, heißt es, die guten und die schlechten, leicht gesagt, wenn es einen selbst nicht trifft. Doch das Jammern ist meiner nicht würdig, ich bin hier, um eine Aufgabe zu erfüllen, also schleppte ich mich nach oben, legte mich ins Bett und wartete auf den Tod.

17. Januar

Der Tod scheint ein geduldiger Gevatter zu sein. Der Arm schmerzt noch immer. Mittlerweile in Gelb. Es gibt jedoch ein probates Mittel, das Leid zu lindern: Trostpizza! Rucola! Ananas! Doppelt Käse!

18. Januar

Ein Wunder! Der Arm ist wieder tipptopp. Die Regenerationskräfte dieser biologischen Hülle sind doch stärker, als ich dachte.

19. Januar

Wen treffe ich heute bei Rewe? Klaus, die eiserne Jungfrau. Wir haben nett über Dulcinella geplauscht, die Tomatensorte, wir sind beide große Fans. Und dann hat Klaus mich zu sich eingeladen, auf ein Bierchen, wie er vorschlug. Ich wusste erst gar nicht, was ich sagen sollte. Meine erste Einladung! Morgen schon! Was zieh ich an?

20. Januar

Habe mich ganz klassisch für ein weißes Hemd, den ockergelben Anzug und die braune Krawatte entschieden. Der Strauß Blumen (Tulpen in den Farben Rot, Weiß und Gelb) ist von Super 2000 und kostete 2,99. Als Klaus die Tür aufmacht und ich die Blumen überreiche, ist er für einen kurzen Moment irritiert. Er hat wohl geglaubt, dass ich mich mit den Gepflogenheiten als Gast nicht auskenne, doch da hat er sich geirrt!

Er bittet mich rein, die Schuhe soll ich anbehalten. Als wir das Wohnzimmer betreten, ist mein erster Impuls: Flucht. Es ist zwar alles sauber, kein Staubkorn, nirgends, aber die Einrichtung ist, wie soll ich sagen, ungewöhnlich. Viel Schwarz, Streitäxte, Wikingerhelme, Totenköpfe und gerahmte Bilder von Monstern und blutenden Menschen. Könnte einer dieser Massenmörder sein, von denen ich in der *Gala* gelesen habe. Andererseits ist Klaus ein aufmerksamer Gastgeber, der Käseigel und Salzgebäck kredenzt und mir eine Flasche Bier in die Hand drückt. Schon von gehört, aber noch nicht probiert. Ich öffne sie mit einem Plopp, nehme einen kleinen Schluck und pruste den goldenen Saft über den Tisch. Ist mir unendlich peinlich. Klaus murmelt, es muss wohl schlecht gewesen sein, ich nicke eifrig, er gibt mir eine neue Flasche, gleiches Prozedere. Klaus schaut mich merkwürdig an, dann geht er in die Küche, holt einen Lappen, wischt über den Tisch und schüttet mir ein Glas Johannisbeerschorle ein. Himmlisch!

Und dann passierte etwas, das mein Leben auf dieser Erde verändern sollte, auf eine Weise, wie ich sie nicht für möglich gehalten hätte. Klaus legt eine Schallplatte auf, von einer Band namens Judas Priest, *Screaming for Vengeance*. Klassiker, sagt er. Mit dem Erklingen der ersten Takte bin ich für immer verloren! Was für ein Schlagzeug! Was für eine Gitarre! Was für ein Gesang! Ich hätte nicht gedacht, dass Menschen zu so etwas fähig sind!

21. Januar

MM bei Hamid getroffen. Sie hatte interessante Neuigkeiten zu berichten. Zu ihrer Inkontinenz gesellt sich neuerdings auch die Osteoporose, eine Trübung der Augenlinsen und eine Angina Pectoris. Danach wieder über das Wetter geplaudert.

22. Januar

Karla. So heißt meine Nachbarin von gegenüber. Karla. Was für ein schöner Name. Klaus hat mir von ihr erzählt. Sie ist 25 Jahre alt, studiert Kunst an der Akademie in Düsseldorf und soll, wie er es nennt, kompliziert sein. Ich bin sicher, dass wir beste Freunde werden!

23. Januar

Heute passierte Merkwürdiges. Da weile ich tagträumend am Stehtisch bei Fritten Franz und genehmige mir frittierte Kartoffelstäbchen auf weiß-roter Soße, als eine Frau sich, keine zehn Meter von mir entfernt, an einer Laterne festhält. Für einen geübten Denker war es ein Leichtes zu kombinieren, dass Sonnenstrahlen offenbar ihr Todesurteil bedeuten, denn sie war komplett in ein schwarzes Gewand gehüllt, das alles bedeckte, ihren Körper, ihr Gesicht, alles. Sogar ihre Augen waren nur durch einen winzigen Gitterschlitz schemenhaft zu erkennen. Auch andere Passanten starrten sie an, doch anstatt ihr zu helfen, machten sie einen Bogen um sie, einen großen. Wo nur war diese viel beschworene Zivilcourage? Hier jedenfalls nicht, keine Helden weit und breit. Und so ließ ich mein Mittagsgericht für einen kurzen Moment unbeobachtet hinter mir, ging auf die arme Frau zu und fragte sie, ob ihre Krankheit ansteckend sei. Sie aber schien zu schwach, um zu antworten, und senkte nur leicht den Kopf. Armes Geschöpf, dachte ich, armes Geschöpf, mein Herz klopfte, mein Gemüt erweichte, dies also war das berühmte Mitgefühl, von dem alle immer sprachen, ein starkes Gefühl, zweifelsohne, also umarmte ich sie, streichelte ihren Rücken und wünschte gute Besserung.

24. Januar

Mitgefühl, so habe ich lernen dürfen, wird nicht allerorten toleriert. Anders ist es nicht zu erklären, warum eine Gruppe junger Männer – offensichtlich fremdländischer Herkunft – für einen Tumult sorgte und nur dank der zufälligen Anwesenheit von Gesetzeshütern in lustigen Uniformen daran gehindert werden konnte, mich körperlich zu züchtigen. Werde künftig vorsichtiger mit dem Umarmen sein.

25. Januar

Die gesammelten Werke von Immanuel Kant gelesen. Geht so.

26. Januar

MM vor der Parfümerie Becker getroffen. Habe erfahren, dass sie Witwe ist. Ihr Mann ist vor zwanzig Jahren bei einer Gasexplosion in ihrem Einfamilienhaus in Berghausen ums Leben gekommen, während sie gerade bei der

Wassergymnastik war. Das einzige Andenken, das ihr geblieben ist, ist sein Gebiss. Sie trägt es immer bei sich. Obgleich es trotz der Korrektur nicht ganz passt. Als sie es aus ihrem Mund holte und fragte, ob ich es mal anfassen wolle, hätte ich am liebsten eine Kunststoffallergie vorgetäuscht, zumal ich Reste einer Erbsensuppe zu erkennen meinte, doch ihr trauriger Blick ließ mir keine Wahl. Feucht war es.

27. Januar

Den ganzen Tag über die Frage nachgedacht, warum Karotten nicht Äpfel heißen.

28. Januar

Es ist mir ein Rätsel, warum die Tiere dieses Planeten zwei Geschlechter haben. Ich habe einen Penis, ich habe ihn mir länger angeschaut und finde ihn eigentlich nicht so schön. Frauen haben eine Vagina, und ich weiß nach wie vor so gut wie gar nichts über sie. Doch ich habe Glück. Als ich bei Hamids Büdchen eine Tüte Gemischtes erwerbe (die neuen Gummischlangen mit Apfelgeschmack sind fantastisch!), fällt mir aus dem Augenwinkel ein Flyer an der Pinnwand auf. Ich schaue ihn mir genauer an und bin entzückt. Flora, eine Berliner Fachreferentin für feministische Angelegenheiten, ist auf Tour und bietet das kommende Wochenende

Seminare zur weiblichen Selbsterkundung an. Die Wahl fällt leicht. Ich gehe zum *Vulva Watching Workshop*! Was für eine wunderbare Möglichkeit, das andere Geschlecht endlich etwas näher kennenzulernen.

29. Januar

Grüne Smoothie-Rezepte ausprobiert. Fürchterlich. Ansonsten: Vorbereitung auf den Workshop.

30. Januar

Ich bin ein wenig nervös. Morgen schon werde ich die Vulva kennenlernen.

31. Januar

Der Workshop findet in der Yoga-Lounge von Mareike & Mareike statt. Als ich ankomme, stehen vor dem Laden schon zwanzig Frauen im Kreis und unterhalten sich angeregt. Manche tragen T-Shirts mit der Aufschrift: *Die Zukunft ist weiblich.* Andere: *Vulva rocks.* Fantastisch. Männer sind komischerweise keine dabei. »Hallo«, begrüße ich die illustre Runde, ernte aber nur Schweigen und merkwürdige Blicke. Ich erkenne Flora, die Seminarleiterin, vom Flyer wieder und frage der Form halber nach: »Bin ich hier richtig beim *Vulva Watching Workshop*?« Flora starrt mich an und sagt: »Scherz, oder?« »Aber nein«, antworte ich, »mein Interesse ist von ernsthafter Natur, ich möchte alles über diese geheimnisvolle Vulva erfahren!« Meine Neugier indes entfacht nicht den erwarteten Jubelsturm, dabei weiß ich noch aus *Paula* und *Tina*, dass Männern mangelndes Interesse an Frauenthemen vorgeworfen wird. »Was bist du denn für ein Kanarienvogel?«, fragt Flora. Ich verstehe die Frage nicht so ganz, da Kanarienvögel völlig anders aussehen, und frage: »Wie bitte?« – »Jetzt mach mal ganz schnell einen Abgang, Freundchen.«

Dumm.

Wie dumm von mir. Die Schuppen fallen in Scharen von meinen Augen. Natürlich, denke ich, natürlich, Flora glaubt, ich möchte mich umsonst in das Seminar hineinschmuggeln. Ich habe mittlerweile gelernt, dass Schnorrer in dieser Stadt wenig Ansehen genießen. »Ich bin angemeldet!«, triumphiere ich. Flora stemmt ihre Hände in die Hüften und fragt: »Hast du eine Vulva?« »Nein«, antworte ich, »dafür aber einen Penis!« Scheint die Stimmung auch nicht zu verbessern. »Vorschlag zur Güte«, sagt die strenge Seminarleiterin, »du gehst jetzt einfach weiter deines Weges, und wir verzichten großzügigerweise auf das Teeren und Federn. Such dir doch ein Seminar aus, das besser zu dir passt.« Hm, denke ich, ziehe den Flyer aus meiner Hosentasche, schaue ihn mir noch mal genau an und sage schließlich: »Gut, dann nehme ich *Wir spritzen zurück – das Squirting-Seminar*!«

1. Februar

Habe den Tag auf einer Parkbank verbracht und den Wolken zugeschaut. Superschön.

2. Februar

MM hat mich um meinen Rat gebeten. Vor ihrer Ehe hatte sie nur einen einzigen Liebhaber: Hanno, ein Mann des Meeres aus Hamburg-Ottensen, mit dem sie vier Kinder zeugen und auf Rügen Grande Dame sein wollte. Bis Hanno sich für eine Juwelierstochter und gegen die Putzhilfe entschied und sie sich mit Heinz trösten musste. Hanno ist letzte Woche verstorben. Herzanfall. Sie wollte einen Kranz schicken und die Trauerschleife mit ein paar persönlichen Zeilen schmücken lassen. Zwei schlaflose Nächte habe sie daran gesessen und nun brauche sie eine zweite Meinung. Und wen hat sie im Haus gefragt? Mich. In dem Moment wurde mir erst bewusst, wie sehr ich mich danach gesehnt hatte, jemandem behilflich zu sein. Leider war ich auf dem

Weg zu Pizza Pazza, zu meinem Rendezvous mit Margherita, und hatte dementsprechend keine Zeit.

Doch MM stellte sich mir geschickt in den Weg und reichte mir die Trauerschleife. Ich hätte sie schon die Treppe runterschubsen müssen, um an ihr vorbeizukommen. Aber wie hätte ich so etwas tun können? Oder kann man das? Ich weiß es nicht. Also las ich. Und staunte. »Die Analogie«, sagte ich, »mit Apfel und Nierenstein versteht kein Mensch.« Ich hätte auch einfach nur »Grandios« sagen können. MM wollte zwar eine zweite Meinung, diese aber durfte nicht von der ihren abweichen, nein, schlimmer noch, Mathilde Molenbach zeigte nicht einmal Ansätze von Kritikfähigkeit. Finster blickte sie mich an und sagte: »Ich war vierzig Jahre lang in der Postannahmestelle der Firma Horten beschäftigt, durch meine Hände ist jede Urlaubs- und jede Glückwunschkarte gegangen, ich habe sie alle gelesen, und ich weiß, was künstlerische Freiheit bedeutet!«

Also las ich ein zweites Mal. Vielleicht hatte ich ja etwas überlesen. Die Überschrift *Brietest du mir einen Apfel* irritierte mich nach wie vor. Sie ergab keinen Sinn, insbesondere nicht für das Herzstück der Kondolenz: *Du warst mein Nierenstein, ich war der Hammer. Du bist tot, ich nicht.* Ich schaute wieder MM an, der Ausdruck in ihren Augen hatte sich nicht verändert, ich dachte an Margherita und sagte: »Grandios!«

3. Februar

Den ganzen Tag bei Klaus abgehangen. Er hat Bier aus Dosen getrunken, ich Johannisbeerschorle aus dem Tetra Pak. Wir haben über dies und das geschwiegen und uns *Brothers of Metal* von Manowar angehört. Grandios!

4. Februar

Bin jetzt bei Snapchat!

5. Februar

Bin jetzt nicht mehr bei Snapchat!

6. Februar

Meine Aufgabe für heute lautet: Besorge ein Haustier. Ich gehe zum Haustierfachgeschäft auf der Hausinger Straße. Am Eingang bleibe ich erschrocken stehen und schaue auf das Schild: *Hundeknochen im Angebot!* Ich bin nicht sicher, ob dies der richtige Ort ist. Ich möchte ja ein lebendes Haustier, keine Überreste. Doch im Innern begrüßt mich ein netter Herr mit freundlichen, blauen Augen. »Wie kann ich helfen?« – »Ich benötige ein Haustier.« – »Was für eins?« – »Was?« – »Was für ein Haustier möchten Sie haben?« – »Egal, Hauptsache, es ist ein Haustier.« Der Haustierfachverkäufer schaut mich komisch an, zeigt mir dann aber ausgiebig seine Ware. Ich entscheide mich für etwas, das er Kaninchen nennt. Futter und einen Käfig kaufe ich ebenso, gleichwohl ich nicht weiß, wozu ich einen Käfig benötige, sonderlich gefährlich sieht das Kaninchen nicht aus. Ich freue mich darauf, mit ihm über die Krise im Nahen Osten zu philosophieren.

7. Februar

Das Kaninchen muss defekt sein. Es spricht nicht. Ich habe alles versucht, jedes Thema angeschnitten, diverse Sprachen und Tonlagen ausprobiert: Nichts. Es hüpft nur in der Wohnung herum, hinterlässt überall kleine Kugeln, knabbert alles an, und seinen Käfig mag es auch nicht. Ich bringe es zum Haustierfachverkäufer zurück und sage: »Es ist kaputt.« – »Was?« – »Es kann nicht sprechen.« – »Was?« – »Es kann nicht sprechen, es ist noch dümmer als Menschen. Ich möchte etwas anderes, etwas, das wenigstens sprechen kann.« Der Haustierfachverkäufer schaut mich wieder komisch an, murmelt etwas von Umtauschrecht, denkt nach und sagt schließlich voller Zuversicht: »Papagei! Sie möchten einen Papagei!«

Ich möchte einen Papagei!

8. Februar

Die Haustiererfahrung ist abgeschlossen. Anfangs lief es mit dem Papagei noch recht vielversprechend. Ich sagte: Auto, und er antwortete: Auto. Dann bemerkte ich, dass er Wörter nur wiederholt. Es ergibt für mich absolut keinen Sinn, dass Tiere andere Tiere halten, mit denen sie nicht reden können, die sie einsperren, füttern und deren Dreck sie beseitigen.

9. Februar

Karla hat Geburtstag. Und ich bin eingeladen! Meine Beliebtheit erreicht Dimensionen, die mich ängstigen. An die zwanzig Mal habe ich die persönliche Einladung gelesen, mindestens: *Liebe Nachbarn, ich feiere am 14. Februar meinen Geburtstag. Ich bitte um Verständnis, wenn es etwas lauter werden sollte. Wer unbedingt möchte, kann auch gerne auf ein Glas Küstennebel kurz vorbeischauen. Karla.* Es ist mein erster Geburtstag, und ich möchte nichts falsch machen. In der *Petra* stand, dass persönliche Geschenke immer die schönsten Geschenke sind. Ich weiß nicht ganz genau, was damit gemeint ist, und gehe sicherheitshalber zu Kodi, die haben alles, eine fantastische Beratung, ein großartiges Sortiment und ganz sicher auch persönliche Geschenke. Jennifer, die Verkäuferin, ist zunächst allerdings überfordert. Sie meint, wenn ich etwas Persönliches schenken möchte, solle ich etwas malen. Ich weiß nicht, was genau daran persönlich sein soll, und bin ein wenig enttäuscht von der Beratung, drücke aber beide Augen zu, denn Jennifer ist keine Premiumverkäuferin, sondern noch in der Ausbildung. Auf mich alleine gestellt, verbringe ich geschlagene vier Stunden im Fachgeschäft meines Vertrauens und entscheide mich schließlich gegen die Kehrgarnitur von *Peggy Perfect* und für den Eierschneider der Marke *Leifheit*. Kosten: 4,99. Ich denke, das ist persönlich genug.

10. Februar

Geschenk verpackt. Mit Schleife!

11. Februar

Mich plagen große Zweifel. Sie rauben den Schlaf und trüben die Freude. Ist ein Eierschneider wirklich persönlich genug? Ich schaufenstere durch die Innenstadt und labe mich am Trübsal, als aus heiterem Himmel ein Blitz einschlägt. Wie angewurzelt bleibe ich vor dem Geschäft stehen. *Foto Schatz.* Natürlich! Das ist es. Ein Foto von mir! Persönlicher geht es doch gar nicht. Die Referenzen sind grandios, wunderschöne Hochzeits- und Bewerbungsfotos allerorten, hier sind Profis hinter der Linse, zweifelsohne. Ich stürme hinein und begrüße die Knipser aufs Allerfreundlichste. Ich entscheide mich für ein Porträtfoto, wähle den Himmelhintergrund und strahle mein schönstes Lächeln in die Welt. Das Ergebnis kann sich nicht nur sehen lassen, es ist famos. Als Bonbon erwerbe ich noch einen gelb lackierten Holzrahmen, die Kosten sollen mich nicht kümmern, es ist: perfekt!

12. Februar

Noch zwei Tage bis zur Party. Was ziehe ich an?!

13. Februar

Die Entscheidung ist gefallen! Weiße Wildlederschuhe, lachsfarbener Anzug, weißes Hemd, schlichte Krawatte mit pinkfarbenen Flamingos. Aftershave: *Dirty Dancing*, der Premiumduft von Kodi. Noch vierundzwanzig Stunden bis zur Party. Vierundzwanzig Stunden können eine Ewigkeit sein.

14. Februar

Die Party war grandios. Mir ist noch ein bisschen flau im Magen, denn ich habe mindestens zwölf Gläser Cola getrunken. Vielleicht liegt es auch an den Schalen voller Erdnussflips, die in jedem Raum auf hungernde Gäste eine magische Anziehungskraft ausgeübt und fantastisch geschmeckt haben. Großes Kompliment an den Koch! Mit Karla konnte ich nur kurz kommunizieren, da sie als Gastgeberin permanent in Beschlag genommen war. Sie sagte zur Begrüßung nur: »O Gott.« Sie hatte wohl nicht mit meinem Erscheinen gerechnet und war schlichtweg überwältigt. Tja, Überraschungsgäste! Gerne hätte ich ihr noch zur exquisiten Kleiderwahl gratuliert. Sie trug ein T-Shirt mit der Aufschrift *Zum Blauen Bock*. Sah toll aus. Meine Geschenke stießen ebenfalls auf eine ungeheure Resonanz. Die Gäste bildeten einen Kreis um den Eierschneider und mein Porträtfoto, es gab Gedränge in der zweiten Reihe, es schien so, als wollte jeder einen Blick erhaschen, und nie habe ich fröhlichere Gesichter gesehen. Es stimmt also: Persönliche Geschenke sind die besten!

15. Februar

Eine der interessantesten Merkwürdigkeiten dieser Spezies sind Kinder. Es ist mir bisher noch ein Rätsel, warum man etwas Neues in die Welt setzt, das dumm ist. Das bisschen Intelligenz, welches dem Menschen zu eigen ist, kann man ihm doch sofort mitgeben, das kann doch nicht so schwer sein. Als zwei Frauen mit Kinderwagen an mir vorbeigehen und ihr Ziel *Kinderspielplatz* erwähnen, folge ich ihnen unauffällig in einem Meter Entfernung. Memo an mich: Nie wieder Frauen mit Kinderwagen in kurzer Distanz folgen. Niemand möchte diese Gespräche mithören. Niemand.

Als wir den Spielplatz erreichen, wimmelt es von Kindern. Ich setze mich auf eine der Bänke, auf denen Mütter und Väter ihre Zeit verlieren, um ihren Kindern dabei zuzuschauen, wie sie schaukeln oder etwas aus Sand formen, das sie Kuchen nennen. Interessanterweise können Kinder in größeren Gruppen nicht miteinander reden. Sie schreien. Ich habe mal gehört, wie eine Straßenbahn entgleist ist. Fand ich schöner. Merkwürdig ist, dass Eltern mit ihren Kindern wie mit ihren Hunden sprechen. Sie benutzen auch die gleiche Singsangmelodie in einer für sie unnatürlich hohen Tonlage, wenn sie sagen: »Oh, das hast du aber fein gemacht!«

Ich mache mir Notizen und komme im Zuge meiner Recherchen nicht umhin, die ernsten Blicke meiner Banknachbarin zu bemerken. Ich weiß nicht, warum, ich verhalte mich völlig unauffällig, doch je mehr Notizen ich mache, desto kritischer werden ihre Blicke. Als sich immer mehr Mütter und Väter wie Psychopathen verhalten und mich irre anstarren, fange ich an zu flöten. *House of Death* von Manowar. In der *Prisma* habe ich gelesen, dass Flöten gute Laune signalisieren soll. Ich signalisiere laut. Als Geste der Beruhigung, um auch die letzten Zweifel zu zerstreuen, dass meine Absichten andere als rein wissenschaftlicher Natur sein könnten.

Nicht die geringste Wirkung. Und wenn ich es dank der seriösen Journalisten nicht besser wüsste, würde ich sogar vom Gegenteil sprechen.

Schließlich löst sich ein ungefähr fünfjähriges Mädchen mit blonden Zöpfen aus der Sandkastengruppe und steuert geradewegs auf mich zu. Einen Meter vor mir bleibt es stehen und fragt: »Bist du der böse Onkel, der mir Schokolade schenken will?«

16. Februar

Bin fasziniert von den Lichtinstallationen, die Menschen Ampeln nennen. Sie gehorchen ihnen, bleiben stehen oder gehen. Wie fernbedient. Es muss eine Art Chip geben, der sie so steuert. Immer wieder mal gibt es einen Defekten, der auch bei Rot über die Straße geht, was von den Funktionierenden nicht gutgeheißen wird. Verständlicherweise. Eines aber ist klar: Wer auch immer Menschen bei einem rot leuchtenden Männchen zum Stehen und bei einem grün leuchtenden Männchen zum Gehen bewegen kann, der muss sehr, sehr mächtig sein.

17. Februar

Ich muss mich endlich um das Thema Sexualität kümmern. Klaus meint, ich solle Torben fragen, der ganz oben wohnt und ein Experte auf diesem Gebiet sei. Er selbst habe schon seit Jahren nichts mehr damit zu tun.

18. Februar

Torben ist ein ungewöhnlich unkomplizierter Mensch. 36 Jahre alt, Sachbearbeiter in der Schadensregulierung eines großen deutschen Versicherers, kreisrunder Haarausfall. Ich erkläre ihm mein Anliegen und erwähne beiläufig, dass sein Expertenwissen im Haus weltbekannt sei. Torben ist offensichtlich geschmeichelt und bietet mir einen Platz auf seiner türkisgrünen Sofalandschaft an. Zur Feier des Tages öffnet er ein Päckchen Wasabinüsse und kredenzt eine trübe Apfelschorle aus einer Mehrwegflasche. Die Schorle schmeckt ein wenig abgestanden, die Wasabinüsse aber sind ein Gedicht! Er klappt sein Samsung-Laptop auf und sagt, dass es für das Thema Sexualität eine unschlagbare Referenz gebe: *PornHub*. Sollte ich Fragen haben, nur zu. Es dauert keine zwei Minuten, bis mein Penis, den ich für diese merkwürdigen Toilettengänge benutze, plötzlich größer und ganz steif wird. Ich habe keine Ahnung, welche Krankheit das nun wieder ist, bin aber froh, dass er nicht platzt. Dann sehe ich, wozu Männer und Frauen ihre Geschlechtsteile benutzen, und denke: oh. Vier Stunden lang schauen wir uns *Geile Milfs*, *Gangbangs* und *Fräulein Schmitz* an. Irritiert und ermüdet ob der vielen Eindrücke, gehe ich nach Hause und denke über Golden Shower und Wasabinüsse nach.

19. Februar

Habe einen Toast gegessen. Mit Käse. Dann noch einen mit Marmelade. Dann wieder einen mit Käse. Dann wieder Marmelade. Dann Käse. Dann Marmelade. Käse. Marmelade. Käse. Und dann wieder Marmelade. Und Käse. Und dann bin ich eingeschlafen.

20. Februar

Habe heute mit dem zehnjährigen Max aus der Dritten ein kurzes Gespräch geführt, fürchte aber, dass mir die Gedankenwelt von Kindern verschlossen bleibt. Ich fragte Max, was er mal werden möchte, wenn er groß ist. Alkoholiker, hat er geantwortet.

21. Februar

Ich denke immer noch an *PornHub*. Faszinierend. Merkwürdigerweise üben insbesondere die Brüste einer Frau eine magische Anziehungskraft auf mich aus. Dabei bestehen sie hauptsächlich aus Fett-, Drüsen- und Bindegewebe. Manchmal geben sowohl Frauen als auch Männer diesen Brüsten Kosenamen wie Titten, Möpse, Glocken, Bongos oder – mein absoluter Favorit – Melonen. Eine sehr poetische Bezeichnung, wie ich finde.

Als ich bei der Eisdiele Simonetti so in der Schlange stehe, fällt mir eine circa 45-jährige, blondierte Frau auf, die sehr schöne Melonen hat und rein äußerlich einer Milf aus *PornHub* sehr nahekommt. Wir smalltalken ein wenig über das Wetter. Ich bin mittlerweile ganz gut darin, Belanglosigkeiten auszutauschen. Es ergibt zwar keinen Sinn, aber es hält wohl das soziale Gefüge zusammen. Und da die Frau mich nett anlächelt und ich mittlerweile weiß, dass Lächeln etwas Positives ist, das auf Sympathie schließen lässt, und als wir auch noch feststellen, dass unser beider Lieblingseis Stracciatella ist, und da Gemeinsamkeiten ja bekanntlich Nähe stiften, frage ich sie, ob sie sich als Milf auch so gerne ins Gesicht spritzen lässt.

Die erste Reaktion ist vielversprechend. Sie öffnet den Mund. Sagt aber komischerweise nichts. Ich bin etwas verunsichert, möchte das Gespräch aber weiter in Gang halten. Als erfahrener Cineast weiß ich, dass Milfs unerfahrenen Männern gerne behilflich sind, und so frage ich mit allem gebührenden Respekt: »Möchten Sie mal mein Ejakulat probieren?«

Nichts. Keine Neugier, keine Freude, keine Begeisterung, nichts. Und obwohl mein Charakter nicht von schwarzmalender Natur ist, würde ich sogar vom Gegenteil sprechen. Wenngleich ich noch mal nachschlagen muss, was genau *perverses Arschloch* bedeutet.

22. Februar

Eins der faszinierendsten Dinge ist Werbung. Die Menschen dort sprechen zu einem, als sei man fünf Jahre alt. Ich habe mittlerweile verstanden, dass es darum geht, dem Konsumenten das Geld aus der Tasche zu ziehen. Doch mich animiert es überhaupt nicht, wenn ein langweiliger, dummer junger Mann etwas von der längsten Praline der Welt erzählt.

23. Februar

Habe heute Duplo gekauft. Schmeckt fantastisch!

24. Februar

Kann seit Tagen an kaum etwas anderes denken als an die Melonen von *Devote Schlampe*. Ist es das, was die Menschen Liebe nennen?

25. Februar

Karneval! Hurra! Ich gehe mit Klaus zum Zug. Tagelang habe ich überlegt, was ich anziehe, mich schweren Herzens gegen Cäsar und für den Clown entschieden. Klaus geht als Klaus. Da es sich hier um eine »Hochburg des närrischen Treibens« handelt, bin ich aufgeregt, ich möchte dem Wahnsinn in nichts nachstehen, brennen soll die Stadt, brennen, vor Leidenschaft und Unvernunft!

Wir stehen in der zweiten Reihe, neben Kindern mit Plastiktüten, gegenüber grüßt auf einem Banner die Ärztegemeinschaft der Stadtgalerie. An uns ziehen Männer auf Pferden vorbei, dann Wikinger, Vogelscheuchen und Piloten, dann wieder Männer auf Pferden, ab und an werden uns Bonbons an die Stirn geschmissen, dann kommen Schweine und Funkenmariechen, bis Mexikaner trommeln und trompeten üben und von Männern auf Pferden abgelöst werden, es riecht nach Bratwurst und Eau de Toilette, Babys schreien, doch die Marschmusik ist lauter, ein Prinzenpaar rollt vorbei und winkt, einsame Tulpen fliegen in hohem Bogen auf den Bordstein, eine Frau, die in einer Gruppe von Regenbogen als Regenbogen geht, ist die Einzige, die tanzt, dann folgen wieder Männer auf Pferden und dann Männer auf Traktoren, es fliegen auch wieder Bonbons, und dann gehen Klaus und ich nach Hause und machen es uns zu russischsprachigem Doom aus Finnland und kongolesischem Death Metal gemütlich.

26. Februar

Pflückte Blumen von einer wilden Wiese und erfreute mich den ganzen Tag an ihrem Anblick.

27. Februar

Habe eine fantastische Serie aus den Siebzigern gesehen. Was für eine Story! Was für eine Regie! Und was für Schauspieler, die einer solchen Groteske Leben einhauchen. Großes Kompliment auch an die Autoren, so viel Fantasie kann man eigentlich gar nicht haben. Kann mir vorstellen, dass *Holocaust* Millionen Fans auf der ganzen Welt hat.

28. Februar

Habe Karla, die ich zufällig bei Aldi traf, von *Holocaust* erzählt und schwärmte von der abgedrehten Story. Karla meinte, die Geschichte beruhe mehr oder minder auf Fakten.

Bin nach Hause gegangen, habe ein Glas mit Johannisbeerschorle gefüllt, mich auf den grünen Stoffsessel gesetzt und aus dem Fenster geschaut. Plötzlich und ohne jede Vorwarnung regnete es aus meinen Augen.

1. März

Weinen ist die mit Abstand merkwürdigste Erfahrung bisher.

2. März

Schlechte Laune.

3. März

Die Zeit für Ausflüge ist gekommen! Ich muss meinen Horizont erweitern, das Land besser kennenlernen. Ich plane Städtereisen nach Berlin, Dresden und Garmisch-Partenkirchen. Zudem will ich urlauben, wo auch der Gemeinste urlaubt. Schließlich soll ich dieses Jahr wie ein normaler Einheimischer verbringen. Klaus hat mir einen super Tipp gegeben. Ich soll meinen Sommerurlaub rechtzeitig buchen, je längerfristig, desto günstiger. Also habe ich heute für Anfang August eine Woche Playa de Palma gebucht, Aparthotel Ben-Hur, vier Sterne, all-inclusive, seitlicher Meerblick, frische Handtücher, für 799, kann man nichts sagen.

4. März

Dummerweise sieht mein Bankkonto nach der Buchung ungünstig aus. Wie jeder Mensch muss auch ich lernen, mit Geld umzugehen. Ich verstehe diese Erfindung nicht im Geringsten, aber ohne sie funktioniert der Mensch nur eingeschränkt. Klaus meint, es gibt zwei Möglichkeiten, um an Geld zu kommen: Arbeit oder Kredit. Jedes Mal, wenn ich Menschen von Arbeit reden höre, klingt es nicht so schön. Die Erfahrungen als Werktätiger möchte ich mir für später aufbewahren, also mache ich einen Termin mit meinem Bankberater aus. Nett soll ich sein, supernett, meint Klaus. Kein Problem!

5. März

Supersympathisch. Mein Bankberater Heiko Peyman. Supersympathisch. Und kunstverständig! Ein gemaltes Bild hängt hinter seinem Schreibtisch. Es ist eine Orchidee. Sehr sympathische Farben. Ich habe unfassbares Glück, denn eigentlich kümmert er sich nicht mehr um Kleinkunden, sagt er, aber Urlaub und Krankheit haben die Personaldecke ausgedünnt, da müsse man die Zwei auch mal gerade sein lassen, sagt er und lacht. Nicht nur kunstverständig, sondern auch noch superlustig. Er fragt, wofür ich den Kredit brauche. »Zum Leben«, sage ich, »zum Leben! Für Dulcinella und Mallorca.« Heiko Peyman schaut wieder auf seinen Computer und sagt: »Ganz ehrlich, ich sehe da wenig Spielraum für einen Kredit.« Mehr sagt er nicht. Er lächelt nur supersympathisch. Gleichwohl er meinen Antrag abgelehnt hat. Erste Risse machen sich in unserer Beziehung bemerkbar, die Leichtigkeit, ihn ohne Wenn und Aber lieb zu haben, ist plötzlich weg. Auf der Fensterablage sehe ich ein gerahmtes Hochzeitsfoto, daneben Kinderschnappschüsse. Auf seinem Schreibtisch steht ein Eurofighter Typhoon von Revell im Maßstab 1 zu 72 mit authentischen Abziehbildern. Ich ändere meine Strategie. Ich interessiere mich. Für Heiko Peyman. Für den Menschen hinter dem Sachbearbeiter. Ich frage Persönliches. Und Heiko Peyman kommt überraschend schnell in Fahrt, er erzählt von seinem Leben, und ich höre zu, frage nach, nicke verständnisvoll, er scheint wenige oder gar keine Freunde zu haben, die seinen Erlebnissen und Gedanken genauso leidenschaftlich folgen, ich bin ganz bei ihm, ganz nah an Heiko Peyman, ich warte und warte auf den richtigen Moment, und dann, als mein persönlicher Sachbearbeiter nach den sehnsüchtigen Worten »Ich hätte Kampfpilot werden können« kurz Luft holen muss, setze ich den entscheidenden Stich: »Sie, mein lieber Heiko Peyman, sind etwas ganz Besonderes«, komplimente ich, »stolz sollte diese Stadt auf Sie sein, stolz.« Ich lasse die Worte durch eine kleine Künstlerpause wirken, lang genug, dass sie ihre Wärme in Gänze entfalten können, bevor ich zur ultimativen Lobhudelei ansetze: »Sie sind der mit Abstand durchschnittlichste Mensch, dem ich bisher begegnet bin. C&A-Anzug, Opel Corsa, eine engagierte Frau, mit der Sie die gleiche Leidenschaft für Rhabarbersaft und Dwayne ›The Rock‹ Johnson teilen, zwei gesunde Kinder, Reihenmittelhaus mit kleinem Vorgarten, Weißweinkenner, Tatort, *Focus*, Samsung und dienstags auch mal nach Amerika, ins New York, da soll das Schnitzel eine Wucht sein! Sie sind eine Zierde für diese Stadt, in der die unersättliche Leidenschaft nach Mittelmaß solch wunderschöne Blüten wie Ihresgleichen hervorbringt. Was liegt da näher, als eine bronzene Skulptur zu gießen und an prominenter Stelle zu hügeln? Was, so frage ich noch einmal, liegt da näher? Nichts! Ich würde mich gerne dafür einsetzen und eine entsprechende Petition bei den Stadtoberen einreichen. Ich sehe Sie da schon stehen, auf dem Marktplatz, umgeben von lieblich gurrenden Tauben, Kinder lobpreisen Ihren Namen, Männer eifern Ihnen wettkämpfend nach, und Frauen schauen verschämt auf Ihr Gemächt, es gibt keine Grenzen, kein Unmöglich, Sie könnten das Manneken Pis dieser Stadt sein, Sie, Heiko Peyman, das Wahrzeichen, die Sphinx, der Olymp!«

Reaktion?

»Einen schönen Tag noch.«

Ich bin verunsichert. Ich habe mit meinem Herzen gesprochen, ich habe die Wahrheit gesagt, keine falschen Versprechen gemacht, ich meine es so, gerne hätte ich alle Hebel in Bewegung gesetzt, weil es wichtig wäre, auch für diese Stadt, weil Heiko Peyman ihr etwas Persönliches gegeben hätte, sich selbst, das Abbild, das Authentische, die neue Ehrlichkeit. Lag es an der Diktion? Zu überwältigend? Ist Heiko Peyman einer dieser seltenen Hochsensiblen, denen aufrichtige Komplimente zu nahegehen und die dann, anstatt zu erröten, unwirsch reagieren? Ich weiß es nicht. Ich weiß nur, dass es noch ein langer Weg ist, die Menschen auch nur ansatzweise zu verstehen.

6. März

Termin beim Arbeitsamt gemacht. Freue mich.

7. März

Klaus und ich fahren nach Wacken! Ich bin ganz aufgeregt. Es ist zwar erst in fünf Monaten, aber ich packe schon mal mein Köfferchen. Probehalber. Das Line-up ist amtlich! Kleine Hiobsbotschaft am Rande: Habe heute erfahren, woher die Eier stammen. Ich bin verunsichert. Ich liebe

Rührei. Aber etwas essen, das aus dem Hintern eines anderen Tieres stammt? Herrje.

8. März

Klaus sagt, wir zelten. Ich frage ihn, was er damit meint. Er macht ein Bäuerchen. Wenn Klaus ein Bäuerchen macht, heißt das, dass er nichts weiter zu dem Thema sagen wird. Er starrt dann nur buddhaesk in die Ferne und erwacht erst wieder, wenn man etwas Interessantes sagt. Mir fällt nichts Interessantes ein, also dreht Klaus die Anlage auf, und wir chillen zu *Reign in Blood* von Slayer.

9. März

Traf Karla bei Oebel und habe ihr von den tollen Neuigkeiten erzählt, dass Klaus und ich nach Wacken pilgern. Sie schaute mich an, als habe sie drei Jahre altes Sauerkraut aus einer Dorflatrine gefischt, und sagte: »Du möchtest zu Musikern aufschauen, die Axel Rudi Pell oder Doro Pesch heißen? Wie sagt man da bei euch? Fett?« Meine Güte.

10. März

Habe Netflix entdeckt!

11. März

Netflix geschaut.

12. März

Netflix geschaut.

13. März

Mein kulinarisches Fernweh zieht mich heute nach Anatolien. Der Dönerladen meines Vertrauens ist gut besucht. Ich stelle mich an und studiere die Speisekarte an der Wand. Falafeltasche mit Minzjoghurt klingt großartig.

»Und was kann ich für dich tun, Bruder?«

Wir sind verwandt? Ich bin irritiert. Ich schaue mir den Dönerverkäufer genauer an und kann keinerlei Ähnlichkeit erkennen. Dichtes Haar, dunkle Haut, muskulöse Figur, eng beieinanderliegende Augen und auch das niedliche

Grübchen im Kinn zeugen nicht von famoser Übereinstimmung im genetischen Allerlei. Außerdem hat er die drei Gäste vor mir auch schon Bruder genannt. Einer davon hatte sogar rote Haare. Wie kann das sein? Ich frage ihn: »Ist dein Vater ein Flittchen?« – »Was?« – »Oder deine Mutter?«

14. März

Muss mir einen neuen anatolischen Lieblingsimbiss suchen. Persona non grata, meinte der Dönerverkäufer, habe nachgeschlagen, ist nicht gut.

15. März

Zum ersten Mal Beethoven gehört. Mein Kompliment. Die Band ist grandios. Instrumentalmusik vom Feinsten. Kommt fast an Judas Priest ran!

16. März

Instagram entdeckt. Begeisterung pur. Melde mich spontan an und fotografiere meine Süßkartoffelsuppe.

17. März

Habe wieder Karla im Treppenhaus getroffen. Sie trug einen riesigen Rucksack. Von Klaus weiß ich, dass sie in ihrer Freizeit Fallschirmspringerin ist. Ich habe zwar vergessen, was genau das heißt, frage Karla aber spontan, ob ich beim nächsten Mal mitkommen könne. Sie schaut mich komisch an und fragt, wie viele Sprünge ich schon gemacht habe. Ich bin irritiert, überlege, rechne und sage: 287. Allein gestern dreimal vom Sofa. Summiert sich. Sie zuckt mit den Schultern und sagt: »Warum nicht, morgen dann.« Geht doch!

18. März

»Wie viele Sprünge haben Sie?« – »Was?«, frage ich. »287«, antwortet Karla für mich. »Ah, ein Profi«, sagt der Trainer. »Was?«, sage ich. Ich verstehe ihn so schlecht, das Flugzeug ist ganz schön laut. »Du musst an dieser Leine ziehen, wenn du aus dem Flugzeug springst, aber wem erzähle ich das«, sagt Karla. »Was?«, sage ich. Warum sollte ich aus diesem Flugzeug springen? Muss ich falsch verstanden haben, ergibt überhaupt keinen Sinn. Flugzeuge können landen, habe ich selbst schon miterlebt, es gibt keinen Grund, vorher rauszuspringen. Nicht in diesem Körper, der nicht fliegen kann, ich habe es ausprobiert, keine Chance. Der Trainer macht die Luke auf. Das ist nicht gut.

Warum macht er das? Es zieht. Gewaltig. Ich bitte ihn, die Luke wieder zuzumachen. Er lacht.

Und dann macht er etwas völlig Verrücktes.

Er springt.

Aus dem Flugzeug.

Was für ein Idiot. Dann springt der Nächste. Von hinten schiebt mich Karla gefährlich nah an die Luke heran. Ich drehe mich zu ihr um, frage sie, was das soll, und bitte sie, damit aufzuhören. Noch bevor ich das Wort *aufhören* beendet habe, gibt sie mir einen finalen Stoß, und ich falle aus dem Flugzeug.

Aus 4000! Metern! Höhe!

Ich taumle, mal sehe ich den Himmel, dann die Erde. Mir ist schlecht. Mein Körper sendet Alarmsignale. Adrenalin, Schweiß, Panikattacke. Ich werde schneller, jede Sekunde, jeden Meter. Das ist nicht gut. Ich komme dem Trainer immer näher. Bevor ich ihn jedoch erreiche, geht bei ihm der Rucksack auf, er rauscht nach oben an mir vorbei und wird durch einen Schirm vor dem freien Fall bewahrt. Bei Karla das Gleiche. Puh. Ich dachte schon. Wieder etwas, das ich nicht verstehe und das der Mensch wohl unter Spaß verbucht. Ich habe also Spaß, derweil mein Körper sich der Erde nähert. Ich warte. Erde ist hart, Körper ist weich. Ich warte. Jetzt wäre es gut. Oder jetzt vielleicht. Jetzt auch. Schirm? Es sind nur noch 500 Meter. *Du musst an der Leine ziehen.*

400.

Welche Leine?

300.

Wo ist diese Leine?
200.
Leine?
100.
Na toll.

19. März

Mir war klar, dass der menschliche Körper dieser Belastung nicht standhält. Aber mit solch einem Massaker hatte selbst ich nicht gerechnet. Ich habe ein Video gesehen, in dem ein Teenager eine Melone von einem Hochhaus wirft. Nicht ansatzweise so brutal. Zum Glück habe ich nichts gespürt. Schrecklich, dieses Spüren, schrecklich.

20. März

Karla schien ernsthaft besorgt, niemand habe den Fallschirm gesehen, murmelte sie, niemand habe den Fallschirm gesehen. Ich bin eine außerirdische Intelligenz, habe ich gesagt, um sie zu beruhigen, ich kann den eigenen Körper problemlos wiederherstellen. Meine Bemühungen, ihre Sorgen zu zerstreuen, kommentierte sie mit einem ausgestreckten Mittelfinger. Wieder mal. Und ich weiß immer noch nicht, was er bedeutet. Ewige Freundschaft? Danke, dass es dich gibt? Mein Held?

21. März

Müll runtergebracht.

22. März

Bin irritiert. Ein freundlicher, indes ungemütlich riechender Mann vor Penny fragte mich, ob ich einen Euro habe. Ich sagte Ja. Aber ich weiß nicht, warum er das wissen wollte.

23. März

Besuch im überschaubaren Stadtmuseum, um mich mit der Geschichte meiner temporären Heimat ein wenig vertraut zu machen. Denn neben ambitionierten Kunstausstellungen gibt es hier auch Vergangenes zu bewundern. War wahnsinnig interessant, mal mehr über die ein oder andere Kirche, die Post, das Krankenhaus und das Hallenbad zu erfahren. Das »besondere Herzstück« der stadthistorischen Ausstellung ist der *genagelte Schädel.* Hierbei handelt es sich um die knöchernen Überreste des Kopfes einer unbekannten jungen Frau, die im 17. Jahrhundert aus nicht überlieferten Gründen hingerichtet wurde und der ein fünfzig Zentimeter langer Eisennagel im Schädel steckt. Andere Städte mögen Schlösser, Kathedralen oder Franz Beckenbauer haben, aber wer hat schon einen genagelten Schädel einer unbekannten Frau als historischen Höhepunkt? Niemand! Dieser Schädel ist die Freiheitsstatue einer an Überraschungen nicht gerade armen Stadt. Allerdings nur als Replikat, das Original wird in Bonn bewundert.

24. März

Notiere folgende, völlig abstruse Unterhaltung: »Beethoven ist keine Band.« – »Was?« – »Beethoven ist keine Band.« – »Was denn sonst?« – »Ein tauber Komponist, der schon lange tot ist.« Klar. Jetzt muss man Hamid aber auch zugutehalten, dass er CEO einer Trinkhalle ist und von Kultur nur wenig Ahnung hat. Ich möchte nicht unhöflich sein und lasse ihn in dem Glauben.

25. März

Aus dem Nichts überfällt mich eine kulinarische Wehmut. Der Depression Vorschub zu leisten, ergebe ich mich bedingungslos und ordere Pizza Pomodoro. 32 Zentimeter.

26. März

Ich lebe in einem ungewöhnlich musikalischen Haus. Nicht nur, dass Klaus ein ausgewiesener Kenner im Heavy-Metal-Universum ist, nein, wir haben sogar einen richtigen Musiker im Haus! Chicago Hurensohn sein Name. Aus der dritten Etage, linke Seite. Eigentlich heißt er Lenny, Chicago Hurensohn ist nur sein Künstlername, den er aus einem Rap-Song hat. Er selbst ist auch Rapper. Aber davon kann er nicht leben, sagt er. Noch nicht. Und so verdingt er sich als Lagerfachkraft bei Knuffmann. Davor war er Facility Manager in einer Flüchtlingsunterkunft, was auch immer das bedeuten mag. Glamouröser klingt es allemal. Ich hörte wohl, dass die Luft in der Managementebene sehr dünn sein soll, aber dass jemand so tief fallen kann, damit hätte ich nicht gerechnet. Ich kann verstehen, dass er jetzt alles auf die Musik setzt. In meinen Ohren allerdings auf die falsche.

27. März

Mein zweiter Traum! Ich laufe durch ein Weizenfeld, dem Sonnenaufgang entgegen, Schmetterlinge fliflattern um mich herum, das Herz, es pocht, es schmerzt, es lebt, sieh, ein Rehkitz, wie es hüpft, übermütig gen dichten Wald, es duftet nach Heimat und Glückseligkeit, und als ich mich zur Linken wende, sehe ich den Mähdrescher.

Riesensauerei.

Der menschliche Körper ist für den Mähdrescher einfach nicht gemacht.

28. März

Fenster geputzt.

29. März

Regen.

30. März

Noch mehr Regen.

31. März

Wir fahren nach Garath, zu einem Fest, auf einer Straße, im Einkaufszentrum. Karla sagt, dass Stadtteilpolitiker immer puterrot werden, wenn man Garath als Ghetto bezeichnet. Sie weiß gar nicht, warum, sie findet, dass Ghettos etwas ganz Eigenes haben. Für sie ist Garath der einzige Düsseldorfer Stadtteil, in dem es noch geradlinige Menschen gibt. Und Nazis. Als wir ankommen, ist das Fest schon in vollem Gange. Es gibt zwei Bierstände mit Menschen drum herum. Und es gibt einen Alleinunterhalter, der Olli heißt und seine Discomaschine mitgebracht hat. Zum Halbplayback singt er *Freiheit* von irgendeinem Marius. Gitarrensolo Fehlanzeige. Karla mag die Atmosphäre, wenn sie Lust auf Zeitmaschine habe, fahre sie immer hierhin, sagt sie. Und auch ich bin ganz betört von dieser malerischen Trostlosigkeit, die brutalistisch und rührend zugleich ist. Wir stellen uns an einem Frankenheimstand zu Cherie und Wolfie und kommen sofort ins Gespräch. Cherie und Wolfie sind Anfang vierzig und von Beruf Privatiers. Sie sind auffallend blond, braun gebrannt, und ihre Hobbys sind essen und trinken. Karla trinkt, was alle trinken, Altbier, ich vergnüge mich mit einer Cola, die seit mindestens drei Wochen auf mich gewartet haben muss, in einem Glas, das Fingerabdrücke sammelt. Ich frage höflich nach Kohlensäure, aber Wolfie meint, dass es hier nur stille Cola gebe. Wir plaudern angeregt über Erdnüsse, Erdkrümmung und Erdäpfel, Olli, der Alleinunterhalter, singt davon, dass er tausend Mal berührt wurde und tausend Mal nichts passiert sei, und ich bin sicher, dass er mit *Painkiller* von Judas Priest mehr Leute in Bewegung gebracht hätte, als nur diesen einen jungen, schwergewichtigen Fan mit Down-Syndrom, der vor ihm tanzt, als sei der Leibhaftige zurückgekehrt, aber es muss ja jeder selbst wissen, wohin die Karriere gehen soll, und so verfliegen die Minuten, als seien sie Stunden. Cherie und Wolfie fragen uns zum Abschied noch, ob wir mit ihnen swingern wollen, sei doch so nett gewesen, ich bin dabei, sage ich, für jede Schandtat bereit, gleichwohl ich nicht weiß, was swingern bedeutet, aber Karla meint, dass sie noch Broccoli im Kühlschrank habe. Wie schade.

1. April

Ich weiß ja mittlerweile, dass der Körper sterben kann. Aber dass es so brutal sein kann, hätte ich nicht gedacht. Ich schaffe es so gerade noch, die Haustür zu öffnen und habe Glück im Unglück, denn MM kommt soeben von ihrer Wassergymnastik zurück. Meine Beine sind wie Wackelpudding, meine Augen tränen, und aus meiner Nase läuft gelbes Sekret in Strömen. Mit letzter Kraft halte ich mich an dem Türrahmen fest, die Hoffnung aber keimt in neuer Blüte, denn meine Retterin, meine Hildegard von Bingen ist nur noch wenige Schritte entfernt.

Denke ich.

Jeder normale Mensch wäre bei meinem Anblick wohl in Tränen ausgebrochen, hätte den Notarzt gerufen und mir gut zugeredet, auf dass ich wach bleibe und so. Sie aber hält kaum an und sagt nur im Vorbeigehen, ich solle Hühnersuppe essen.

Meine Güte. MM ist völlig durchgeknallt, sobald ich wiederhergestellt bin, lasse ich sie einweisen. Es ist nur zu ihrem Besten.

2. April

Ich habe recherchiert. Es ist eine Erkältung. Eine heimtückische. Ich sterbe. Ich könnte den Körper auch neu starten, aber ich muss warten, bis er final funktionsuntüchtig wird.

3. April

Ich sterbe.

4. April

Ich lebe! Der erste Tag, langsam, ganz langsam erholt sich der Körper wieder. Ich verstehe nicht, warum der Mensch keine stabilere Hülle hat.

5. April

Chicago Hurensohn hat mir sein Musikinstrument gezeigt. Oldschool, sagt er, hundertpro Oldschool. Das Instrument hat keine Saiten, auch keine Tasten, man kann nicht mal irgendwo reinpusten. »Was ist das?«, frage ich.

»Der GF-777.« – »Was?« – »Sharp.« – »Was?« – »Boombox.« – »Was?« – »Ghettoblaster.« – »Bitte?« – »90 Watt, dynamischer Super-Woofer-Sound, vier Tieftöner, zwei Mittel- und Hochtöner, Doppelkassettendeck, separate Bass- und Lautstärkeregler, das Ding ist legendär, Mann, auf welcher Schule warst du? Das ist Allgemeinbildung.« Fühle mich dumm.

6. April

Es ist so weit. Ich muss es tun. Tiere essen Tiere. Meine Pflicht also, es auch zu probieren. Mir ist nicht wohl bei der Vorstellung. Ich entscheide mich für ein Hähnchen, weil es, weil es, weil es … keine Ahnung. Auf dem Marktplatz steht in der Woche immer ein fahrbarer Stand, der die braun gebrannten Tiere feilbietet. Als ich den Ort des Grauens erreiche, bin ich irritiert. Der Wagen ist zwar immer noch der gleiche, doch der Name ist ein anderer. Anstatt *Hähnchen-Hermann* heißt es jetzt *Chicken-Jonny*. Die Umbenennung sei notwendig gewesen, um internationale Kunden anzulocken, sagt Hermann, also Jonny, denn wer nicht mit der Zeit geht, den fegt der Markt von ganz alleine weg. Ich sage »Aha« und starre auf die rotierenden Hähnchenleiber. Ohne Kopf. Hatten sie Namen, hatten sie Kinder, waren sie glücklich? Fragen wie diese wolken mein Gemüt und lehren mich Kümmernis. Doch es hilft ja nichts: Für den Gegenwert von nur 4 Euro 50 erwerbe ich ein totes, halbes Hähnchen. Guten Appetit, wünscht Hermann-Jonny.

Zu Hause öffne ich die noch warme Verpackung. Es duftet nach Gewürzmischung und einem Hauch Antibiotika, gleichwohl ich weiß, dass sie nicht riecht, die chemische Keule. Ich nehme eins der Beine in die Hand, trenne es vom Körper, es knackt, Knochen splittern. Unmöglich. Ich kann nicht. Ich lege das Bein beiseite. Dann ziehe ich vorsichtig die verbrannte Haut von der Brust und lege auch sie auf die fettige Tüte. Das weiße Fleisch dampft, ich reiße ein Stückchen von der Brust ab, hebe, wende, begutachte, stecke es in meinen Mund, kaue das warme, faserige Fleisch klein, schlucke es hinunter und kann nur sagen ... es schmeckt!

7. April

Fühle mich fürchterlich. Ich habe ein Tier gegessen. Ein halbes, ein Viertel, ein Stück. Ich darf Karla nichts davon erzählen, sie ist strenge Veganerin und hält Karnivoren für skrupellose Bestien aus der Vorhölle.

8. April

Superniedlich. Ich liebe Hollywood. Will Smith rettet die Menschheit vor Außerirdischen. Das ist so süß. Ich alleine könnte die Menschheit vernichten. Nicht in diesem Körper, nicht mit der angepassten Intelligenz, klar, aber für mein wahres Ich wäre es kaum mehr als eine Fingerübung. Menschen sind so putzig.

9. April

Weile mit Chicago am Stehtisch vor Hamids Büdchen und genieße ein Ed von Schleck. Chicago erzählt von seiner Musik, von seinem Freund, Yakuza Achmed, mit dem er gemeinsam die Hip-Hop-Welt erobern wolle. Sie seien kurz vor dem Sprung, wohin auch immer. Ich frage ihn, was ein Rapper so macht. Sprechgesang, sagt er, oft in Reimen. »So wie bei Müllermilch?«, frage ich. Chicago starrt mich an, überlegt eine Zeit lang und sagt dann: »Ja, ungefähr so wie bei Müllermilch.«

10. April

Frage Karla, ob sie mit mir mal zu einem Comedy-Abend oder zum Poetryslam gehen mag, ich brauche dringend Nachhilfe in Sachen Humor. »O ja, unbedingt«, sagt sie, »und dann machen wir uns über Türkenasis, Nazispastis und Influencermuschis lustig, Yippie und Juhu, und wenn wir dann nach Hausi gehen, singen wir noch was Schönes von der Lena Meyer-Landrut, weil die auch so l'oréal ist.« »Bin dabei!«, sage ich. Sie schaut mich an, als wäre ich ein Aquarium. Mit einem toten Fisch. Der oben schwimmt. Frage ich halt Chicago.

11. April

»Keine Chance«, sagte Chicago, er lasse sich »weder vollpispern noch hirschhausen, no way«. Bei Klausi war es auch nicht problemlos, musste ihm mehrere alkoholische Getränke in Aussicht stellen, um ihn für einen Abend mit Kultur zu begeistern. Ich kaufte zwei Karten für einen Künstler, der auf den Namen Paul Panzer hört. Morgen schon. Bin gespannt.

12. April

Der Schauplatz ist ausverkauft, mehr als 800 Menschen sind erschienen, es scheint sich bei Paul Panzer also um einen bedeutenden Künstler der Gegenwart zu handeln. Und in der Tat. Was für eine Show! Es ist überraschend, unterhaltend, aufwühlend, verwirrend, beängstigend, überwältigend und über alle Maßen maßlos! Zwei Stunden lang erlebe ich Emotionen fern der alltäglichen Reserviertheit, sehe Körper, die auf Sitzen beben, Köpfe, die hin und her wackeln, sehe Männer in Freizeitkrawatten weinen und Frauen in Hysterie krampfen, ein Glucksen, Jauchzen, Wiehern, eine Ekstase, die in eruptiven Schüben zu immer wiederkehrenden Höhepunkten treibt, ein Inferno! Großartig!

Von dem Künstler allerdings habe ich kaum etwas mitbekommen.

13. April

Helfe Chicago beim Sortieren seines Kassettenkoffers für einen Auftritt in Wermelskirchen. Auf jeder Kassette ist die Instrumentalversion eines selbst komponierten Songs, den Yakuza und Chicago vorab digital produziert haben, um ihn dann wiederum im Rekorder abspielen zu können. Diese komplizierte Prozedur ergibt für mich überhaupt keinen Sinn, Chicago aber meint, das sei nicht kompliziert, das sei Stil. Die Boombox sei ein Alleinstellungsmerkmal, auch weil sein Elektroonkel Heimo sie so umgebaut hat, dass er und Yakuza gleichzeitig mit eigenen Mikrofonen zu den Kassetten-Songs rappen können. Das macht sonst niemand. Wundert mich nicht.

14. April

Oha. Der Sohn Gottes wurde heute gekreuzigt. Schon traurig.

15. April

Blumenkohlsuppe auf Instagram gepostet. Vier Likes.

16. April

Der Bauhandwerker ist aufgestanden! Habe Luftballons mit meinem Atem befüllt, die Konfettikanone umgeschnallt und wollte auf den Straßen feiern gehen. Draußen aber: tote Hose.

17. April

Noch sind mir die Religion und das Brauchtum drum herum ein Rätsel, doch eines Tages werde ich verstehen, warum ein Hase Eier bemalt und im Garten versteckt.

18. April

Möchte mein gesellschaftliches Leben zu neuen Höhepunkten führen. Klaus meint, ich solle Mitglied in einem eingetragenen Verein werden. Habe mir diverse Heimat-, Naturschutz- und Philatelistenvereine angeschaut, und gleichwohl die Wahl nicht leichtfiel, folgte ich letzten Endes dem Ruf meines Herzens und entschied mich für den Brauchtumsverein zur Förderung bilateraler Beziehungen zum Wilden Westen, den Wiescheider Cowboys*innen e. V. Werde noch morgen meine Bewerbung abschicken.

19. April

Termin beim Arbeitsamt abgesagt, da ich zufällig einen Traumjob entdeckt habe. Die Rheinische Post sucht einen freien Mitarbeiter für den Lokalteil Neuss/Grevenbroich auf Honorarbasis. Im Bereich Musik! Rufe sofort an, und eine bezaubernde Bettina meint, man könne es ja mal versuchen, sie melde sich, sobald etwas Interessantes reinkomme. Habe mich vorsorglich schon mal mit dem Pulitzerpreis auseinandergesetzt, denke aber nicht, dass ich ihn annehmen werde.

20. April

Habe die Biografie eines Breitensportmanagers gelesen. Meine Güte.

21. April

Bettina von der Rheinischen Post hat angerufen! In Büttgen wird eine neue Kirchenorgel eingeweiht. Ich denke *Hm*, will aber nicht beim ersten Auftrag schon die Diva geben und sage: »Sensationell!«

22. April

Fahre nach Büttgen zum Pfarrer und sage: »Hallihallo, Pfarrer, wo ist die Orgel?« Gibt's erst mal Kekse, und ständig müssen Hände geschüttelt werden, sind auch ein Dutzend Heilige am Start, in Gips oder Holz oder so, der Organist spielt mir zwei Stunden lang Pfeifenkram vor, und mir wird ganz schummrig von dem vielen Weihrauch. Fahre nach Hause, schlage mir die Nacht um die Ohren und schreibe:

In Büttgen wurde eine neue Kirchenorgel eingeweiht.

23. April

Bekomme einen Anruf von Bettina, die fragt, was das denn sein soll. Sag ich, der Artikel. Sagt sie, ein Artikel besteht aus mehr als einem Satz. Sag ich, wer sagt das. Sagt sie, ich. Sag ich, wie viele. Sagt sie, mindestens drei, überarbeiten, und legt auf. Ich schlage mir den Morgen um die Ohren und schreibe:

In Büttgen wurde eine neue
Kirchenorgel eingeweiht.
In Büttgen wurde eine neue
Kirchenorgel eingeweiht.
In Büttgen wurde eine neue
Kirchenorgel eingeweiht.

Bekomme ich wieder einen Anruf von der Bettina, brüllt die: »VERSCHIEDENE« und legt auf. Ich schlage mir den Mittag um die Ohren und schreibe:

In Büttgen wurde eine verschiedene
Kirchenorgel eingeweiht.
In Büttgen wurde eine verschiedene
Kirchenorgel eingeweiht.
In Büttgen wurde eine verschiedene
Kirchenorgel eingeweiht.

Kündigung. Fristlos.

24. April

Immer noch nichts von den Wiescheider Cowboys*innen gehört. Mache mir Sorgen, ob meine Bewerbung überhaupt angekommen ist.

25. April

Erbsensuppe auf Instagram gepostet. Drei Likes.

26. April

Einladung! Zur Aufnahmeprüfung! Übernächste Woche! Bei den Wiescheider Cowboys*innen! Mit meinem Pferd! Was für ein Pferd?

27. April

Habe Chicago von meinem Dilemma erzählt. Und statt nur mit tröstenden Worten mein Leid zu lindern, entpuppte er sich gar als Retter in goldener Rüstung. Denn Chicagos Schwester, Jennifer, ist »Mädchen vom Ponyhof«. Er sagte, sie besitze ein Pferd. Ich sagte: »Hurra!« Er sagte: »Sam Hawkens.« Ich sagte: »Was?« Er sagte: »So heißt das Pferd, Sam Hawkens.« Ich sagte: »Hurra!«

28. April

Drohte meinem Körper mit Liegestütze, sollte er noch mal schnappatmen.

29. April

Fahre mit Karla nach Oberbilk zum *Box-Papst*, einer legendären Schankwirtschaft, die zum letzten Mal ihre Pforten öffnet. Die Nachbarschaft ist auserwählt, das Freudenhaus schräg gegenüber, Klein-Marokko gleich ums Eck. Es ist ein – wie soll ich sagen – erstaunliches Etablissement, verblühte rustikale Dekadenz, holzgetäfelte Decke und Theke, dunkle Butzenscheiben, Pokale, Siegerkränze, Sparkästchen, an den Wänden kaum mehr Platz für eine Briefmarke, überall Fotos, gewagt gerahmt. »Sind alle dabei«, sagt Karla, »Regina, Henry, Graciano, ist es nicht großartig hier?«

Hm.

Das Publikum ist antihomogen. Anwesend sind laut Karla Künstler, Luden, Asis, Hipster, Helden und Heinis. Wie in Garath gibt es auch hier nur stille Cola, müssen den gleichen Lieferanten haben. Karla trinkt wie fast alle Bier und ab und an ein kleines Beilagengetränk, das genauso aussieht, wie es heißt: Küstennebel. Ein Mann namens Ricky wirft Geld in einen Spielautomaten, im Fernseher schlagen sich ein Ukrainer und ein Engländer um eine Weltmeisterschaft, und eine Wencke Myhre fährt mit einem knallroten Gummiboot aufs Meer hinaus. Wie dumm ist das denn? Ein paar der Gäste rauchen. Zigaretten. In einem geschlossenen Raum. Damit wir morgen alle an Krebs sterben können.

Zu später Stunde wird zur Feier des letzten Abends ein Tablett mit belegten Brötchen gereicht. Ich nehme eine der weichen Hälften, die mit einem Klumpen Butter und einer dicken Käsescheibe belegt ist, auf der wiederum ein Gurkenstück eine kleine Pfütze hinterlassen hat. Es schmeckt interessant, frage mich allerdings, warum Bata Illic immer noch Sand in den Schuhen aus Hawaii hat. Der Wille zur Kommunikation ist an diesem Ort ungebrochen, egal wo ich stehe oder sitze, ich werde bedingungslos eingereiht und mir fremde Menschen werden zu besten Freunden. Fürs Leben. Und so höre ich Geschichten von Liebe und Verrat, Unschuld und Sühne, von Messern, die fliegen, und Kugeln, die einschlagen, ich lerne viel über Ehre und schwere Kindheit und warum es manchmal besser ist, die Super 6 nicht anzukreuzen, und als ich das fünfte Glas stille Cola trinke, stimme ich im Chor Anita und Roy zu: *Schön ist es auf der Welt zu sein.*

30. April

Jennifer ist eine hochgewachsene 15-Jährige mit blondem Pferdeschwanz und einer ganz eigentümlichen Ausstrahlung, die von Souveränität und Selbstbestimmtheit nur so überläuft. Wie oft ich schon geritten sei, fragt sie. Was soll man darauf antworten? Ich versuche es mit der Wahrheit: »Ich wurde im Sattel geboren.« – »Aha«, sagt Jennifer und führt mich zu den Stallungen, wo ein Pferd, schon gestriegelt und gesattelt, auf seinen Reiter wartet. Sam Hawkens kann es nicht sein, es ist riesig.

Jennifer bleibt stehen und sagt: »Darf ich vorstellen, Willow, das ist Sam Hawkens, Sam Hawkens, das ist Willow, der Mann, der im Sattel geboren wurde.« Ich schaue Jennifer an, dann Sam Hawkens, dann wieder Jennifer, dann Sam Hawkens.

Wie um alles in der Welt soll ich da raufkommen?

Auf Youtube sah es so einfach aus. In der Realität stimmen die Proportionen nicht. Ich tätschle Sam Hawkens zur Begrüßung die Flanke, damit wir beste Freunde werden. Dann stecke ich meinen linken Fuß in den Steigbügel, halte mich am Sattelknopf fest und ziehe mich – o Wunder – nach oben. Niemand ist überraschter als meine Wenigkeit, dass es tatsächlich funktioniert hat.

Von oben sieht es allerdings noch höher aus als von unten. Auf dem Rücken eines Pferdes soll das Glück dieser Erde liegen. Bisher spüre ich aber nur ein leichtes Drücken am Gemächt. Derweil das Glück also noch auf sich warten lässt, nehme ich die Zügel in die Hand, ziehe vorsichtig an ihnen und sage: »Hühott.«

Sam Hawkens schielt mich von der Seite aus an. Jennifer verschränkt die Arme und schaut kritisch. Da Sam Hawkens offensichtlich schwerhörig ist, erlaube ich mir ein zweites Mal, meinem Wunsch nach einem gepflegten Galopp Ausdruck zu verleihen, und sage mit freundlicher, doch fester Stimme: »Hühott!«

Nichts. Sam Hawkens senkt nur den Kopf, als ob es irgendetwas Wichtiges auf dem Beton zu entdecken gäbe.

Peitsche?

Jennifer schaut mich an, als läge die Schuld bei mir. Ich nehme es ihr nicht übel, ist es doch ihr Pferd, und Liebe, ja, Liebe, die macht bekanntlich blind. Ich würde beiden gerne die Scham ersparen, und obwohl alle hier wissen, dass dieses Pferd nicht mehr richtig funktioniert und in den wohlverdienten Ruhestand gehört, sage ich um der lieben Hoffnung willen noch einmal: »Hühott!«

Wie abzusehen: nichts. Das heißt, fast nichts. Sam Hawkens hebt nur kurz sein rechtes Bein, vielleicht eine Fliege, keine Ahnung, ich aber rutsche seitlich nach links, langsam, ganz langsam, nur mit dem Hinterteil, ich halte die Zügel fester, doch ich rutsche weiter, ich mache mir Sorgen, und um mich ein wenig zu beruhigen, flöte ich Ennio Morricones Titelmelodie aus *Zwei glorreiche Halunken*, derweil ich weiter rutsche, Zentimeter für Zentimeter, ich verkrampfe, keine Frage, und als ich mich nicht mehr halten kann, plumpse ich elegant auf den nackten Beton.

Sam Hawkens senkt den Kopf, blickt sich zu mir um, schaut mir lange in die Augen, schüttelt seine Mähne und blickt wieder nach vorne. Jennifer schaut mich an, als sei ich von einem anderen Planeten. Ich rapple mich auf, schlage mir den Staub von den Klamotten und sage: »Howdy.«

1. Mai

Tag der Arbeit. Komischerweise haben fast alle frei.

2. Mai

Den ganzen Tag mit Büffeln verbracht. John Wayne, Clint Eastwood, Lee Van Cleef, Henry Fonda, Eli Wallach, Claudia Cardinale, Charles Bronson, sitzt.

3. Mai

Reitstunde mit Sam Hawkens. Aua.

4. Mai

Karla und ich schauen und hören uns in der *Postpost* elektronische Musik aus Japan an – ohne Gitarrensolo, klar, warum auch, wer braucht schon ein Gitarrensolo, wenn es alle zehn Minuten mal Pling macht –, als wir aus dem Nichts überfallen werden. »Hi, na, ihr beiden, darf ich euch kurz stören, das wäre krass nice, ich mache eine Umfrage für bento zum Thema *Hater und Lover*, vielleicht stelle ich mich kurz mal vor, ich bin die Jutta, ich bin eigentlich Poetry-Slammerin, vielleicht kennt ihr mich ja auch, ich habe beim letzten NRW-Slam im *zakk* den dritten Platz gemacht, mit einem Text über Einsamkeit, real Life, ihr wisst schon, kann man auch bei YouTube sehen, hat 128 714 Views, Stand 16 Uhr 14, auf jeden Fall ist dann bento auf mich aufmerksam geworden, und dann haben die mich gefragt, ob ich mal was für die machen wolle, und wollte ich natürlich, ich meine, hey, bento, wenn jemand die Feelings unserer Generation auf den Punkt bringt, o Mann, jetzt rede ich schon wieder viel zu viel, ihr müsst echt Stoppi sagen, zwinker, zwinker, smiley, smiley, auf jeden Fall wollte ich dich mal fragen, ob du nicht auch findest, dass man Hater mit Liebe schlagen sollte?«

Karla lächelt, sie scheint genauso wie ich ganz angetan zu sein, von Jutta, diesem Sonnenschein, und sagt: »Ey, Abfall, geh nach Hause.«

5. Mai

Reitstunde mit Sam Hawkens. Nur einmal runtergefallen! Dreamteam!

6. Mai

War heute Juror. Habe den schönsten Promi-Look auf Spiegel Online gekürt. Diese Macht hat etwas Berauschendes an sich.

7. Mai

An der Bushaltestelle Berghausener Straße sehe ich einen Mann alleine stehend unter der Überdachung warten. Der Regen hat sein braunes Haar außer Form genässt, die großen Augen stieren verloren in weite Ferne. Seine kantigen Gesichtszüge und der muskulöse Körper erinnern mich an einen Schauspieler aus *Dildoman II*. Aus einer spontanen Eingebung heraus frage ich: »Sind Sie auch so spermageil?« Reaktion? Ich würde sagen: verhalten. Könnte aber auch sein, dass »Verpiss dich, Schwuchtel« eine Szenefloskel für »Und ob!« ist.

8. Mai

Die Aufnahmeprüfung war nicht ohne. Hilla und Asterios, die beiden Gründer und Vorsitzenden des Vereins, sind zwar supersympathisch, aber auch ein wenig streng, wenn es um neue Mitgliedschaften geht. Ich kann das nur begrüßen, ungünstig Dahergelaufene will ja niemand in seinem Verein haben. Den theoretischen Test mit Sternchen bestanden, auch weil ich die Fangfrage zu *Der Mann, der Liberty Valance erschoss* mit Bravour meisterte, und den praktischen Test dank Sam Hawkens zufälliger Pirouette ebenfalls! Jetzt muss nur noch der ehrenamtliche Vorstand sein Okay geben. Formalie. Hoffe ich.

9. Mai

Heute Großeinkauf mit Chicago und Nissan Versa bei Aldi. Ein junger Mann in Chicagos Alter macht uns freundlicherweise darauf aufmerksam, dass wir auf einem Behindertenparkplatz stehen, woraufhin Chicago ihn genau so freundlich darauf aufmerksam macht, dass dies auch seine Richtigkeit habe, da er ein Soziopath sei, der völlig grundlos Besserwisser skalpiere. Da Chicago viele Tätowierungen hat, wirkt er auf Unbekannte bisweilen ungemütlich, und so macht sich der nette, junge Mann, ohne ein weiteres Wort zu verlieren, von dannen. »Früher«, vertraut Chicago mir an, als wir mit dem Einkaufswagen die Käsetheke kreuzen, »trugen Spießer Halbhemden, kurze Hosen und Sandalen, heute tragen sie Baseballcaps, Skinny Jeans und weiße Sneaker.« Ich betrachte Chicago etwas genauer und sehe Baseballcap, Skinny Jeans und – Gott sei Dank – schwarze Sneaker.

10. Mai

Hamid hat das Geschäftsfeld in seinem Büdchen erweitert. Neben frisch gebrühtem Kaffee von Senseo und echter Milch von Bärenmarke kann der geneigte Kunde nun auch ein Stückchen selbst gebackenen Kuchen konsumieren. Dafür hat Hamid eigens seinen Stehtisch mit weißer Plastikdecke eingekleidet. Die Kuchen backt MM, zwei pro Tag, traditionelles deutsches Backhandwerk, weltweit geschätzt. Der Kunde hat die Wahl zwischen Pistazienkuchen und Pistazienkuchen. Heutzutage, sagt Hamid, reiche das einfache Warenangebot eines Büdchens nicht mehr aus, um am Markt zu bestehen, als Entrepreneur müsse er sich jeden Tag aufs Neue erfinden, denn der moderne Kunde erwartet ein Einkaufserlebnis, er braucht einen hohen Wohlfühlfaktor und Liebe, die durch den Magen geht.

11. Mai

Heute verzichte ich auf Kleidung. Ich verstehe diese Sitte sowieso nicht. Der Mensch ist das einzige Tier, das sich verhüllt. Es ist ein schöner, warmer Tag, und so zeige ich meinen Körper in all seiner Pracht. Free Willow!

12. Mai

Die Reaktionen waren ernüchternd. Scham scheint in dieser Stadt einen größeren Stellenwert als Natürlichkeit zu haben.

13. Mai

Seit über einer Woche nichts von den Wiescheider Cowboys*innen gehört. Bin mit den Nerven am Ende.

14. Mai

Bei einer Runde Pistazienkuchen in Hamids Büdchen erzählt Chicago aus der Nähkiste. Er und Yakuza haben sich als Jugendliche vor zwölf Jahren beim Reim-Seminar *Yo,*

Bruder der Volkshochschule kennengelernt, bei Bernd Lauterbach, einem stadtteilbekannten Lyriker, und sind trotz der unterschiedlichen Sozialisation beste Freunde geworden. War wohl keine Liebe auf den ersten Blick. »Yakuza und ich sind ja musikalisch völlig anders sozialisiert«, erzählt Chicago, »er hört so Wichtigtuerkram wie *Casper* oder *Weggezogen Feminin*, mein wichtigster Bezugspunkt ist Hip-Hop zwischen 83 und 89, South Bronx, Bands wie *Killer Lassie* oder *Aubergine Is Dead*. Massive Diskrepanz. Trotzdem funktioniert das zwischen uns. Eben weil wir so gegensätzlich sind.« Aha, denke ich und schaue auf eines seiner Tattoos am Hals, es ist Charlie Brown mit der selbst komponierten Sprechblase: *Leben ist Zeitverschwendung.*

15. Mai

Auf dem Weg zum Supermarkt steht auf dem Parkplatz ein Mann mit einem Pappschild, auf dem geschrieben steht: *Ich bin ein Comedian. Einmal Lachen, einen Euro.* Da mir mein fehlendes Humorverständnis nach wie vor Kopfzerbrechen bereitet, bin ich froh, etwas Nachhilfeunterricht zu erhalten. Ich lege einen Euro in seinen Filzhut und warte. Der Comedian macht eine übertriebene Verbeugung und sagt: »Liebe geht durch den Magen. Kein Wunder, dass so viele Menschen Verdauungsprobleme haben.« Er starrt mich an, und da ich das Gefühl habe, etwas sagen zu müssen, sage ich: »Aha.« Ich lege einen weiteren Euro in seinen

Filzhut, humoristische Bildung ist zweifelsohne kein billiges Vergnügen. Der Comedian verbeugt sich erneut und sagt: »Habe mich auf die Suche nach der verlorenen Zeit begeben, konnte sie aber nicht finden.« Den letzten Euro habe ich dann in den Einkaufswagen gesteckt.

16. Mai

Sam Hawkens und ich haben es geschafft! Wir sind Wiescheider Cowboys*innen! Heute war der Brief im Briefkasten! Auf Büttenpapier! Pizza für alle!

17. Mai

Habe Torben zu einer Dokumentation auf Netflix überreden können! Bildung schadet nicht. Rocco Siffredi, die italienische Pornolegende, spricht über sein Leben und seinen viel zu großen Penis. Noch vor dem Abspann liegen Torben und ich uns weinend in den Armen.

18. Mai

Fahre morgen ins Tierheim. Karla will eine Katze. Ich weiß nicht, warum. MM ist die Einzige im Haus mit Katze. Hieronymus, ein Perser, wie MM sagt. Ich weiß nicht, was ein Perser ist, ich weiß nur, es läuft wie ein Nilpferd und sieht aus wie ein Mops. Ich halte diese Kombination für gewagt. Auch für eine Katze.

19. Mai

Wir fahren kadettig ins niedliche Hilden und frühstücken erst mal ausgiebig in *Fienchen's Teestube*, und ginge es nach mir, würden wir noch einige Stunden beim falschen Apostroph verweilen, aber Karla lässt sich von einem Besuch im Tierheim einfach nicht abbringen.

Es riecht. Nicht so schön. Luise, die nette Tierheimmitarbeiterin, führt uns in den Katzenbereich. Karla lächelt, ich weiß nicht, warum, für mich sehen die alle aus wie Psychopathen. Und dieses *Miau* macht es keineswegs besser. Karla braucht eine geschlagene Viertelstunde, um zu erkennen, dass Sie oder Er nicht dabei ist. Sie sagt, es sei entweder große Liebe oder große Liebe, etwas anderes komme nicht ins Körbchen. Mir nur recht. Auf dem Rückweg kommen wir am Hundeblock vorbei, und ich erschrecke herzstillstandmäßig. Eine Bestie aus der Vorhölle springt gegen die Gitterstäbe und gurgelt Laute. »Oh«, sagt Luise,

»keine Angst, das ist Heinzerhardt, er hat eine ganz seltene Form der Epilepsie, jedes Mal, wenn er sich super freut, springt er in die Luft und zuckt dabei, deshalb sieht es vielleicht ein wenig merkwürdig aus.« Merkwürdig? Völlig durchgeknallt trifft es wohl mehr. »Heinzerhardt«, erzählt Luise, »ist vor zwei Monaten zu uns gekommen. Er gehörte einem pensionierten Jäger, der an einer Lungenembolie verstarb und keine Angehörigen mehr hatte. Als Jagdhund ist Heinzerhardt allerdings nur bedingt einsetzbar, da er sofort einen Anfall bekommt, wenn er einem Hasen oder einem Fasan zu nahekommt.« Und dann macht Luise etwas völlig Verrücktes: Wohl um zu beweisen, dass dieses Tier absolut ungefährlich ist, öffnet sie die Tür, der Hund springt ohne Vorwarnung auf mich zu und schleckt mir mit seiner nassen Zunge übers Gesicht. Das ist das mit Abstand Ekligste, das mir bisher widerfahren ist. Ich verstehe die Erfindung *Hund* nicht. Und wo sind überhaupt diese chinesischen Metzger, wenn man sie mal braucht? Heinzerhardt schaut mich an, Karla schaut mich an, Luise schaut mich an, und ich sage: »Nein! Auf keinen Fall!«

20. Mai

Gassi gehen. Ich musste 1,24 Millionen Jahre alt werden für diese Erniedrigung. Wir Jungen müssen Erfahrungen sammeln, natürlich, das verstehe ich, und bisher schlage ich mich ja mit Bravour, auch wenn es wehtut. Und nun also gehe ich mit einem Tier, das nicht einmal reden kann, über Felder und Wiesen, damit dieses Tier am Urin anderer Tiere riechen kann, um dann wiederum auf den fremden Urin zu urinieren. Dreimal täglich. Welche Form von Vergnügen habe ich dabei zu empfinden? Ist dies das berühmte Unbewusste? Ein Glück, das sich versteckt hält und auf schlechte Zeiten wartet? Und wie lautet die Antwort auf diese Fragen? Pinguin?

21. Mai

Erster gemeinsamer Ausritt mit den Wiescheider Cowboys*innen nach Unterbüscherhof. Steißprobleme. Ansonsten: mega.

22. Mai

Es hilft ja nicht. Ich muss endlich dieses komische Geld verdienen. Morgen ist mein Termin beim Jobcenter. Ich weiß noch gar nicht, was ich werden will. Arzt? Pilot? Außenminister? Ich lasse mich überraschen.

23. Mai

»Samsung sucht einen Produkttrainer für seine neue Waschmaschine«, sagt Janosch Meinecke und sinkt in meiner Gunst rapide. Mein junger Karriereberater ist offensichtlich traumatisiert. »Was muss der machen?«, frage ich. »Die Waschmaschine erklären.« – »Wem? Kaninchen? Was soll ich da erklären? Man legt Wäsche rein, drückt einen Knopf und holt die Wäsche wieder raus. Produkttrainer?« – »Ja.« – »Was noch?« – »Ich habe hier noch etwas Interessantes, ganz frisch reingekommen. Die Stadtverwaltung hat eine Task Force eingerichtet, die sich Think Tank LA nennt.« – »Think Tank LA?« – »Ja, LA steht wohl für die ersten beiden Buchstaben unserer Stadt, es ist eine Art Zukunftswerkstatt, und die suchen noch einen Externen, einen kreativen Freigeist, wie es hier heißt.« – »Mein zweiter Vorname.« – »Was?« – »Kreativer Freigeist.« – »Bitte?« – »Nach Willow.« – »Was?« Meine Güte.

24. Mai

Die Toilettengänge mit Heinzerhardt erinnern mich an das täglich grüßende Murmeldings.

25. Mai

MM und ich feiern Christis Fahrt in den Himmel. Mit Bohnenkaffee und Bienenstich.

26. Mai

Vorbereitung auf das Vorstellungsgespräch. Habe mir mehrere Bewerbungs-Tutorials auf YouTube angeschaut, halte aber das meiste für unbrauchbar und werde mich einfach auf mein Bauchgefühl verlassen. Da ich aber weiß, dass die Deutschen Zeugnisse mögen, habe ich ein paar geschrieben.

27. Mai

Dr. Martin Winterschrot, der Leiter der neu gegründeten Sonderabteilung, war hin und weg von meinen Zeugnissen. Das freute mich. Auch die Kampagnen, die ich für Mercedes, Apple und Weihenstephan federführend entwickelt habe, beeindruckten ihn. Er erzählte mir von seinen Visionen für den Think Tank LA, wir fachsimpelten noch ein wenig über das Wetter und verabschiedeten uns mit einem herzlichen Händedruck. Mein Gefühl: golden.

28. Mai

Ausflug mit Karla und Heinzerhardt nach Benrath. Was für eine niedliche Ortschaft! Neben den üblichen Reihen- und Einfamilienhäusern gibt es auch schöne Altbauten, prächtige Villen und sogar ein pinkfarbenes Schloss! Karla spürt meine Begeisterung und sagt: »Genauso spießig, nur in hübsch.« Ja, aber in sehr hübsch. Mit Park, Wald und Rhein vor der Haustür und mit Kombu, Karlas Lieblingsimbiss, den wir zum krönenden Abschluss aufsuchen. Das japanische Schnellrestaurant hat mit den deutschen, türkischen und arabischen Imbissen nichts gemein. Es hat Stil. Dabei ist es winzig, es gibt nur Stehhocker, und Holz wurde auch sehr viel verbaut. In der engen Küche wuseln superfreundliche Japaner pausenlos umher, und im Hintergrund läuft leise Jazzmusik. Wir bestellen grünen Tee und Gyoza auf Reis, es schmeckt gigantisch, und so gebe ich zum Abschied den kleinen Tipp, auch mal was von Judas Priest zu spielen, dann könnte ich Klaus mal mitbringen, der kann für zwei essen.

29. Mai

Anruf von Dr. Winterschrot. Ich bin dabei!

30. Mai

Habe Karla gefragt, warum sie immer so ein wenig negativ ist. Sie antwortete kryptisch: »Je dicker du wirst, desto dünner werden die Menschen.« Lange darüber nachgedacht, nicht verstanden, nachgefragt. Ich soll dick und dünn durch intelligent und dumm ersetzen. Ich bin dann aber lieber zu Lidl gegangen, die Nudeln waren aus.

31. Mai

Heinzerhardts Leidenschaften gelten den schönen Dingen des Lebens. Sein Herz schlägt für Leberwurst, Griebenschmalz und die Schicksalsjahre einer Kaiserin. Immer wenn die Sissi »im Rhythmus zündender Melodien im Spiegel des Lichtes und der Farben« angekündigt wird, ist Heinzerhardt aus dem Hundehäuschen. Einmal im Monat müssen wir jetzt eine Sissi-Nacht auf dem Sofa verbringen. Pflichttermin.

1. Juni

Der erste Arbeitstag war grandios. Wir haben uns erst mal der Reihe nach näher vorgestellt. Unsere Task Force besteht neben meiner Wenigkeit aus Dr. Martin Winterschrot vom Referat 510, Stadtplanung und Denkmalschutz, studierter Architekt, Feingeist und – laut eigener Aussage – eine total verrückte Nudel, wenn es um französischen Weichkäse geht, Jörg Kapielski vom Referat 230, Recht und Ordnung, gelernter Bürokaufmann und Vampire-Diaries-Fan der zweiten Stunde, und last, but not least Yvonne Gründgens vom Referat 240, Bürgerbüro, Verwaltungsfachangestellte aus Leidenschaft, die sich einen Namen mit der Sachbearbeitung der Bewohnerparkausweise gemacht hat. Das ist der Think Tank LA, oder wie wir Eingeweihten sagen: TTLA [ti:ti:el'eɪ].

2. Juni

Die Büroräume des TTLA liegen fern der Verwaltung, in einem neuen Komplex im Osten der Stadt, alles schick und großzügig bemessen, um das Agenturfeeling zu betonen. Wir haben sogar echten Linoleumboden und einen eigenen Lounge-Bereich mit einer Palme.

3. Juni

Heinzerhardt möchte auch Vegetarier werden, er weiß es nur noch nicht. Aber die zu einer undefinierbaren Pampe gepressten toten Tiere in der Dose sind eine barbarische Zumutung und riechen nach Verwesung.

4. Juni

Mit Klaus bei *Hanni & Mammi* detoxen. Ihn mit auf diese Abenteuerreise nehmen zu können erforderte all meine Überredungskunst. Dabei sieht seine biologische Hülle aus, als könnte sie eine Entgiftung durchaus vertragen. Das vegane *Cafistro* ist ein Ort, der meine Begeisterungsfähigkeit völlig in Anspruch nimmt. Frische Blumen, helle Farben, viel Holz und kleine Tafeln an den Wänden, auf denen Worte wie *Heimat*, *Geborgenheit* und *Freundschaft* stehen.

Es sieht unheimlich gemütlich aus. Das Lächeln der Frau, die vor uns steht, sieht auch unheimlich aus. »Hallo!«, sagt die Frau, »willkommen bei *Hanni und Mammi*! Darf ich fragen, ob es euer erster Besuch ist?« Wir nicken. »Wie schön. Wir möchten, dass ihr hier eine wunderschöne Zeit verbringt, die Hanni und ich legen großen Wert auf die Harmonie von Geist und Körper. Die Hanni ist übrigens meine Tochter, ich sage das gerne vorab, weil viele denken, wir wären Schwestern.« – »Also ich nicht«, sagt Klaus. »Ich auch nicht«, sage ich, »die Sorge ist völlig unbegründet.« Mammi lächelt uns immer noch an, und es wäre weniger irritierend, würde sie das Lächeln mal variieren, doch ich denke nicht weiter darüber nach, denn ihre Worte treffen genau dorthin, wohin sie treffen sollen, mitten ins Herz: »Für uns seid ihr keine Kunden, für uns seid ihr Freunde, die zu Besuch kommen.« Wir lassen uns professionell beraten und entscheiden uns für einen Kurkuma-Latte, einen Milky Oolong, einen lauwarmen Quinoa-Salat mit Wurzelgemüse und den Goji-Sellerie-Feldsalat. Als ich mich so umschaue, bemerke ich, dass Klaus mit seinen grau-schwarzen Locken, dem Iron-Maiden-T-Shirt und dem in die Jahre gekommenen Nietengürtel nicht ganz dem Dresscode entspricht, während sich meine beigefarbene Bundfaltenhose und das Hawaiihemd zumindest tapfer schlagen. Doch keinen Moment wird uns das Gefühl vermittelt, hier ungewollt oder fehl am Platz zu sein, ganz im Gegenteil, als Hanni, die Tochter, Speisen und Getränke kredenzt, fragt sie, ob sie ein Foto von uns für Instagram machen dürfe, wir seien das erste homosexuelle Pärchen im fortgeschrittenen Alter, unglaublich niedlich anzuschauen, und das sei für die Diversität ganz wunderschön. Null Problemo.

»Das sind aber sympathische Müsliexperten«, sage ich. Klausi aber scheint die ihm angedichtete Homosexualität oder aber das Wurzelgemüse auf den Magen zu schlagen, denn er murmelt nur mit ungewohnt finsterer Miene: »Alle wollen nur noch sympathisch sein, das macht sie so unsympathisch.«

5. Juni

Kollege Kapielski hat eine merkwürdige Angewohnheit, was Begrüßungsfloskeln anbelangt. Er sagt »Tschö mit üss« oder »Schiri ho« oder »Pfahlzeit« oder »Auf Flieder sehen«. Ich weiß nicht, warum. Yvonne Gründgens meint, an ihm sei ein geborener Komiker verloren gegangen, und man könne froh sein, ihn nicht wiedergefunden zu haben.

6. Juni

Chicago fragt, ob ich Testhörer sein möchte. Er und Yakuza haben einen neuen Song gemacht. Fühle mich geehrt.

7. Juni

Die Boombox steht im Zentrum des Wohnzimmers. Chicago legt eine Kassette mit dem neuen Beat ein, beide nicken mit ihren Köpfen zum Takt, ein Pianopling setzt ein, und die Show beginnt:

Yakuza: Das In-der-Welt-sein ist als Besorgen von der besorgten Welt *benommen.*[1]
Chicago: Aka.
Yakuza: Die Angst erhebt sich aus dem In-der-Welt-sein als geworfenem Sein zum Tode.[2]
Chicago: Aka, aka.
Yakuza: Dasein ist Seiendes, das je ich selbst bin, das Sein ist je meines.[3]
Chicago: Aka, aka, aka 47.
Chicago/Yakuza: ICH, DU, WIR …
Yakuza: … sind das im nichtsinnlichen Blicken erblickte Übersinnliche, das mit den Werkzeugen des Leibes unbegreifliche Sein des Seienden.[4]
Chicago: Hörst du! Hörst du! Pudel, Pitbull, Panama! Tourette Claudette, Massaka!

[1] Heidegger, Martin: Sein und Zeit, Tübingen 1993, S. 61.
[2] Heidegger, Martin: Sein und Zeit, Tübingen 1993, S. 344.
[3] Heidegger, Martin: Sein und Zeit, Tübingen 1993, S. 114.
[4] Heidegger, Martin: Platons Lehre von der Wahrheit, Frankfurt am Main 1997, S. 37.

Ich hatte mich im Vorfeld ein wenig mit der systematischen und auch der theoretischen Metrik auseinandergesetzt, um nicht wie ein völlig ahnungsloser Trottel dazustehen, doch ich kann beim besten Willen keine Verbindung herstellen. Auch textlich bin ich überfordert. Chicago hatte mir zwar erzählt, dass Yakuzas Texte ausschließlich Zitate aus den Werken des Philosophen Martin Heidegger sind, aber spontan hilft mir diese Information nicht weiter, ich tappe im Dunkeln. Die beiden schauen mich fragend an, und ich sage: »Wahnsinn!«

8. Juni

Spontan! Völlig spontan in die Stadthalle gepilgert und die vorletzte Karte für *Frau Höpker bittet zum Gesang* ergattert. Mindestens 800 Zuschauer tummeln sich im Saal, davon tausend Frauen. Grandios! Auf der Bühne steht eine adrette, sympathisch aussehende Frau in ihren Vierzigern an einem Tasteninstrument aus japanischer Manufaktur. Hinter ihr eine Leinwand für die Texte, falls jemand die Evergreens nicht auswendig kann. Denn das Tolle ist: Die Zuschauer sind nicht nur Zuschauer, sie sind die Stars des Abends! Zwei Stunden lang singen wir über Spuren im Sand und dass wir dem Frieden eine Chance geben wollen, tausend Stimmen laut, im Jetzt und für die Unendlichkeit, ich bin Teil einer Frauenbewegung, und ich war noch niemals in New York!

9. Juni

Erzähle Karla von dem fantastischen Abend, den ich hatte, aber sie nun wieder: »Toll. Talentfreie Menschen, die sich selbst dabei zujubeln, wie sie gemeinsam alte Gassenhauer versingen, das ist artistisch ganz weit unten. Man braucht noch nicht mal mehr einen Künstler auf der Bühne. Und was kommt als Nächstes? Die Kunstlehrerin Frau Schmalz-Bickenbach verteilt Malen-nach-Zahlen-Blätter und sagt dann, wie feini der Bernd und die Tina den Esel gemalt haben? Die Kindergartisierung der Erwachsenen ist voll schöni.« Meine Güte. Einfach nur mal Spaß haben. Was fällt ihr bloß so schwer daran?

10. Juni

War bei Dr. Kreuzmann wegen meines entzündeten Zehennagels. Zwei Stunden Wartezeit. Zwei Stunden in einem Wartezimmer mit lauter infektiösen Todkranken, deren letzter Wunsch es ist, so viele wie möglich mit ins Grab zu nehmen. Zum Glück gab es die aktuelle *Bunte*.

11. Juni

Wenn Karla mal nett über jemanden redet, dann über ihren Großvater, der ihr nur einen einzigen Rat mit auf den Weg gegeben hat, den, sich nie auf Menschen einzulassen, die nicht über sich selbst lachen können. Ein Rätsel ist mir dieser Rat, ein Rätsel, das Über-sich-selbst-Lachen. Und so frage ich Karla, als wir gemütlich im *Mahlwerk* bei famosem Käsekuchen sitzen, was genau es damit auf sich habe. Karla schaut mich irritiert an, denkt nach und sagt: »Wenn ich eine Dokumentation über Fischer auf den Färöer-Inseln sehe, die jedes Jahr im August aufs Meer hinausfahren, um junge Eissturmvögel einzufangen, ihnen das Genick zu brechen und mit bloßen Händen den Kopf inklusive Magen vom Körper zu ziehen, dann bricht mir dieser Anblick das Herz, wenn aber jemand darunter kommentiert, dass die Vögel besser schmecken, wenn man sie über Nacht in den Tränen eines Veganers mariniert, dann kann ich darüber lachen.« Ich starre Karla fassungslos an. Meint sie das ernst? Wie viele Veganer will man sich denn halten und zu Tränen rühren, um eine ausreichende Menge an Marinade zu erhalten? Und finden sich in diesen Tränen auch Spuren von Chilischoten, Ingwer, braunem Zucker und Zitronenwasser? Und überhaupt: Was genau ist daran so lustig? Aber ich sage nur »Aha« und denke über Käsekuchen nach, in dem es keinen Käse gibt, sondern Quark, der wiederum eine Vorstufe von Käse ist, was aber egal ist, denn dann müsste er ja Quarkkuchen heißen, und dann denke ich über Hundekuchen nach, und dann wird mir das alles zu viel.

12. Juni

Dr. Martin Winterschrot und seine Stellvertreterin Yvonne Gründgens verstehen sich nicht immer:

»Wir brauchen mehr Kultur«, sagt der Doktor.

»Sie meinen, mehr Schlemmermeile und Kürbisschnitzausstellungen?«

»Nein, ich meine Theater, Literatur, Oper!«

»Hier?!«

13. Juni

Habe gesehen, dass Hundebesitzer Bälle werfen, die die Hunde wieder zurückbringen. Heinzerhardt ist glücklicherweise ein kluger Hund, er würde so etwas nie machen.

14. Juni

Den ganzen Tag Bälle geworfen, die Heinzerhardt in epileptischer Ekstase zurückgebracht hat.

15. Juni

Nach der Lektüre eines Bademodenkatalogs entschieden, die zwei Kilogramm zu viel an den Hüften wegzudiäten. Habe mich für die *Brigitte-Diät* entschieden.

16. Juni

Hurra. Morgens: Sanddorn-Möhren-Smoothie. Mittags: Chicorée-Stew. Abends: Scheibe Vollkornbrot mit Liptauer Käse. Hunger.

17. Juni

Hm. Morgens: Himbeer-Mandel-Porridge. Mittags: Blumenkohlsuppe mit Meerrettich. Abends: Scheibe Vollkornbrot mit Liptauer Käse. Großer Hunger.

18. Juni

Öh. Morgens: Magerquark-Mandel-Cocktail. Mittags: Spitzkohl-Curry. Abends: Scheibe Vollkornbrot mit Liptauer Käse. Ganz, ganz schlechte Laune.

19. Juni

Hurra. Habe meine Ziele korrigiert. 238 Gramm weniger auf der Waage sind ein toller Erfolg! Adieu, Liptauer Käse. Bonjour, gute Laune!

20. Juni

Mit Klausi die Aleister-Crowley-Gedächtnisfeier in Solingen-Ohligs unsicher gemacht. War schön, nur die Kommunikation mit ihm ist nicht immer einfach. Wenn Klausi mir mal eine Frage stellt, beantwortet er sie in der Regel gleich mit, wie zum Beispiel: »Was reimt sich auf Freitag? Jack Daniels.« Ich habe versucht, ihm zu erklären, dass Freitag und Jack Daniels sich nicht reimen. Aber es ist zwecklos.

21. Juni

Habe, um unser Kollegenverhältnis mal ein wenig aufzupäppeln, Jörg Kapielski gefragt, was er für Hobbys hat. »Excel und Darmspiegelung«, hat er gesagt. Beides nicht so meins.

22. Juni

Was für ein Tag! Habe eine superschöne Mail bekommen. Von einer Nastasja. Ich weiß noch nicht genau, woher wir uns kennen, aber der Eindruck, den ich hinterlassen haben muss, der war wohl gewaltig. *Bonjour Pussy Commander*, schrieb sie mir, *die schönsten Frauen kommen aus Russland. Ich warte sehnsüchtig auf dich.* Dazu hat sie netterweise ein Foto geschickt, auf dem ihre Brüste und ihre Vulva zu sehen sind. Champions League. Habe ihr natürlich sofort geantwortet. *Liebe Nastasja,* habe ich geschrieben, *es gibt momentan noch Verpflichtungen, die mich daran hindern, die Koffer zu packen und loszuziehen, doch in nicht allzu ferner Zukunft werden mich weder sibirische Winterstürme noch der TTLA aufhalten können, um deinem Ruf Folge zu leisten. Dein Pussy Commander.* Könnte sein, dass Amor endlich seinen Job macht. Mal sehen.

23. Juni

Habe heute alles von Jelinek gelesen. Supi.

24. Juni

Kollege Kapielski kommuniziert auf einem Level, dem ich noch nicht gewachsen bin. Wenn er dem Feierabend entgegenchillt, sagt er »Tortendiagramm«, wenn er wütend ist, sagt er »Rückgängig: Nicht möglich. AutoAnpassen!«, und wenn ihn die dunkle Seite der Macht heimsucht, sagt er: »Ich bin nur die Summe der ausgewählten Zellen am Ende der Auswahl.«

25. Juni

Chicago fragt, ob ich Hip-Hop-Manager werden will! Sie wollen endlich durchstarten und brauchen jemanden, der für sie Auftritte bucht und sie in die Medien bringt. Ich überlege keine Sekunde, so soll es sein, ich werde Manager!

26. Juni

Habe mir bei C&A einen Manager-Anzug gekauft. Mit Nadelstreifen. Schick.

27. Juni

Als Hip-Hop-Manager muss man sich in der Szene auskennen. 96 Stunden Dauerbeschallung. Ich kenne sie jetzt alle, von Maeckes bis Shindy, von Haiyti bis Marteria. Sitzt.

28. Juni

Habe heute einen elegant gekleideten Wiener auf Durchreise bei Chicken Jonny kennengelernt, sehr nette Person, merkwürdiger Dialekt, tolle Schlangenlederstiefel. Fragte ihn, ob diese unglücklich aus dem Leben geschiedenen halben Hähnchen auch so eine schreckliche Anziehungskraft auf ihn ausüben würden. »A geh«, sagte er, »ich esse keine Tiere, ich esse nur Menschen.« »Die schmecken?«, fragte ich verwundert. »Wenn sie jung sind, scho.« Da habe ich Karla gefragt, ob wir mal einen Ausflug zu den Nazis nach Österreich machen wollen, scheint mir ein interessantes Volk zu sein, aber sie wieder nur: »Ach nein, minderwertige Rassen wollen wir nicht besuchen.« Schade.

29. Juni

Gab heute Aufregung im Team. Jörg Kapielski ist eigentlich ein äußerst ruhiger Zeitgenosse, sogar Yucca, die Büropalme, ist bei Durchzug lebendiger. Doch was zu viel ist, ist zu viel. Vier Minuten nach eins, an einem Freitag, das macht in der Stadtverwaltung sonst niemand, summa summarum liege man jetzt bei 21 Überminuten, und er, Jörg Kapielski, er jedenfalls wisse nicht, wann er diese abfeiern könne, da er mit der Umstrukturierung der Excel-Tabellen noch über Monate hinweg ausgelastet sei, und überhaupt seien feste Arbeitszeiten ja keine Karamellbonbons, die nach Lust und Laune gelutscht werden. Ich habe den Vergleich zwar nicht verstanden, bin aber in der Sache ganz auf der Seite von Jörg Kapielski, denn wenn man das einmal einreißen lässt, herrschen hier ganz schnell Sitten wie in der Werbebranche, wo man bis in die Puppen Tischfußball spielen muss. Dr. Martin Winterschrot versprach gleich am Montag eine außerordentliche Sitzung einzuberufen und das Thema ganz oben auf die Agenda zu setzen. Yvonne Gründgens merkte an, dass die Konfikekse zur Neige gehen, sie würde aber ganz unbürokratisch nach ihrer Mittagspause neue besorgen.

30. Juni

Der heutige Tag steht ganz im Zeichen des Spaßes, und so geht es mit Chicago Hurensohn ins örtliche Freibad. Nachdem wir einen Obolus von drei Euro sechzig entrichten und das Gehege betreten, bin ich unsicher, ob Spaß meine neue Lieblingsbeschäftigung wird. Es ist laut. Und es riecht nach Chlor und Salamibrötchen. Hunderte liegen halb nackt auf Handtüchern, Dutzende planschen im Schwimmbecken. Aus vertrauenswürdiger Quelle weiß ich, dass der Homo sapiens auch gerne mal ins wohltemperierte Wasser uriniert. Puh. Ich lege mein Bambi-Badehandtuch aus, creme mich mit Sonnenschutzfaktor 50 ein und genieße den Lärm. Chicago, der eine ungewöhnlich durchtrainierte Figur hat (»Muckibude, viermal die Woche, Alter«), schlägt eine Arschbombe vom Zehner vor. Riesenspaß, sagt er. Ich schaue ihn fragend an. Reicht Spaß nicht, muss es auch noch Riesenspaß sein? Auf sein Geheiß trotte ich ihm hinterher in Richtung Sprungturm. Aus der Nähe betrachtet, sieht es hoch aus. Sehr hoch. Ich klettere hinter Chicago die Sprossen hinauf und schnappe nach Luft, als wir endlich unser Ziel erreichen. So also muss sich ein Reinhold Messner fühlen, meine Hochachtung. Chicago arschbombt als Erster und hinterlässt eine grandiose Fontäne, die für laute Anerkennung der Beckenrandbewohner sorgt. My turn.

Ich taste mich vorsichtig bis ans Brettende. Ich schaue hinunter, ein Fehler, mir wird spontan schwindelig. Seit der Sache mit dem Fallschirm sucht mich hier und da die

Höhenangst heim. Das sind nie im Leben zehn Meter, es müssen mindestens hundert sein, mindestens. Nicht mit mir, ich gehe die Sprossen einfach wieder runter und kaufe mir ein Duplo und zum Nachtisch ein Hanuta. Doch als ich mich umdrehe, steht ein etwa zwölfjähriges Mädchen schon als Nächste bereit und versperrt mir den Rückweg. Sie zieht die Augenbrauen hoch, was wohl in etwa bedeutet: Heute noch? Ich drehe mich wieder um und starre nach unten. Einige Gäste schauen neugierig nach oben, und Chicago brüllt: »Spring, du Frikadelle, spring!« Unglaublich motivierend. Habe ich eine Wahl? Nein. Ich halte mir die Nase zu, zähle bis zweihundertdreiundvierzig und springe ins Ungewisse. Im freien Fall kippe ich um 90 Grad nach vorne, ich werde wohl mit dem Bauch aufkommen. Ist das gut? Glücklicherweise fehlt es an Zeit, um mir Sorgen zu machen, und kurz vor dem Aufprall fällt mir ein, dass ich ja noch gar nicht schwimmen kann.

1. Juli

Bademeister Malte war not amused. Dabei hätte ich schon ein wenig Dankbarkeit erwarten dürfen, wo er doch zum ersten Mal die Mund-zu-Nase-Beatmung am lebenden Objekt durchführen konnte. Stattdessen Vorwürfe: Ich müsse doch wissen, ob ich schwimmen könne oder nicht. Wenn ich alles wüsste, was mich betrifft, sagte ich, wäre ich wohl kaum ein Mensch, aber das überforderte ihn und mich dann ebenso. Chicago indes fühlte sich prächtig unterhalten und schmiss eine Runde Cornetto Erdbeere.

2. Juli

Karla hat Laune. Ich kenne das schon. Es ist dann besser, ihr nicht zu begegnen. Ich habe Pech, weil wir heute bei Monika Simbabwe zum Voodoo-Seminar verabredet sind und wir eine Fahrgemeinschaft bilden. Es gibt eindeutige Verhaltensregeln, wenn Karla Laune hat: Sprich sie nicht an, schau sie nicht an, tu so, als seist du gar nicht da, auf keinen Fall atmen. Wir überfahren in ihrem tiefergelegten Opel Kadett in Richtung Wuppertal mehrere Menschen, alle sofort tot. An der Raststätte Ohligser Heide machen wir kurz halt, weil Karla vergessen hat zu tanken. Ich besorge zwei Brezeln und zwei Heißgetränke aus dem Backshop, wir setzen uns auf eine Mauer und schauen Fernfahrern beim Fernfahren zu. Karla starrt, wie schon die ganze Fahrt über, stur geradeaus, die Stirn in Falten, kein Wort. Ich genieße die famose Brezel, denke an getrüffelte Pasta von *Ritalini & Balkone*, als Karla plötzlich aus der Tiefe des Nichts erwacht und in Richtung Fernfahrer sagt: »Ich möchte eine große Künstlerin werden, ich möchte alles dafür tun, dabei weiß ich, dass ich scheitern werde, aber das ist egal, und das ist gelogen, aber auch das ist egal. Ich möchte mir keine rote Mütze aufsetzen und lustigen Tralala produzieren, ich möchte nicht als Barbarella groß karierte Sprüche auf Wände kleben, ich möchte nicht das Zentrum politischer Schönheit noch hässlicher machen, ich will nicht schmierig, ich will nicht witzig sein, ich hasse Ironie! Ich will Weltherrschaft! Und Schokopudding! Und von Robert Pattinson geknallt werden! Scheiße noch mal!«

3. Juli

Voodoo-Seminar bei Monika war erste Sahne.

4. Juli

Der Bauch ist immer noch knallrot. Klausis Bepanthen lindert ein wenig die famosen Schmerzen.

5. Juli

Als Manager muss ich mich um das Image meiner Schützlinge Gedanken machen. Chicago Hurensohn ist klassisch sozialisiert: freiwillig noch nie ein Buch gelesen, Wolfenstein-Fan der ersten Stunde, Spaghetti bolognese. Da ist alles gut. Sorge bereitet Yakuza Achmed. Große Sorge. Yakuza hat Abitur und studiert VWL und Philosophie. Worst-Case-Szenario: Er hat noch nicht mal einen großen Bruder. Er kommt aus Benrath, seine Eltern sind erfolgreiche Anwälte, er beherrscht fünf Sprachen und spielt annehmbar Geige. Das i-Tüpfelchen, und es ist ein großes i-Tüpfelchen, größer als das i selbst: Yakuza Achmed ist väterlicherseits Moslem und mütterlicherseits Jude. Glückwunsch.

6. Juli

Muss heute nachsitzen. Torben sieht bei mir Nachholbedarf in Sachen Geschichte. Er ist schockiert, dass ich noch nie etwas von der Stuttgarter Schule gehört habe. Doch »Regie-Titanen« wie Jérôme Lüdenscheid oder Lotte Osnabrück sagen mir einfach nichts. Für den Abend steht die Aufarbeitung an: Schwabenpornos von Februar 1972 bis September 1976. Wir starten mit: *Rein ins Löchle.*

7. Juli

Heinzerhardt wird morgen fünf. Habe mir eine fantastische Überraschung einfallen lassen. Wir fahren nach Salzburg, für eine Nacht, ins Schloss Fuschl, jenem Schloss, in dem auch Szenen mit der Kaiserin Sissi gedreht wurden!

8. Juli

Schon von Weitem erkennt Heinzerhardt das Schloss Fuschl, das im Film mit einer angenehmen Zurückhaltung das Schloss Possenhofen spielt, auf dem die noch junge Kaiserin ihre Eltern besucht. Es ist die Kulisse für einen dieser ganz besonderen Momente, einer emotionalen Szene, in der der Vater von der Jagd heimkommt und die Sissi »Papi!« ruft.

Heinzerhardt ist hin und weg, auch von dem wunderschönen Zimmer mit Blick auf den See, von den Bergen, Bäumen und Tälern und von Hubert, den wir auf unserem ersten Gang über das Anwesen treffen. Hubert ist ein seltener Goldfasan, in Farben wie aus einem Märchen, eine Art Wappentier des Schlosses, ein Geschenk aus dem britischen Königshaus, den alle lieben, die Kinder, die Erwachsenen, alle. Als Heinzerhardt zum ersten Mal in seinem Leben bei der Pirsch nicht in epileptische Ekstase verfällt, er vielmehr seinen Ahnen alle Ehre macht und Hubert mit seinem kräftigen Kiefer zu packen bekommt, als er ihn so lange schüttelt, bis das Genick knackt, bis der Kopf sich langsam vom Hals trennt, das Blut in alle Himmelsrichtungen spritzt und er freudestrahlend mit seinem Catch of the day auf mich zukommt, denke ich: nicht gut.

Ich entferne Hubert aus Heinzerhardts Kiefer, lege ihn vorsichtig neben einem Baum ab und wünsche ihm, dass er zu diesem lieben Gott in den Himmel kommt, dort soll es ja sehr schön sein. Dann entferne ich die eine und andere goldene Feder aus Heinzerhardts Maul und husche mit der Bestie des Grauens so unauffällig wie möglich ins schlosseigene Sissi-Museum. Ich atme einmal tief durch. Das Museum ist kaum größer als ein Wohnzimmer. Wir und eine 70-Jährige, die sich als Franzi vorstellt, sind die einzigen Besucher. Franzi ist ein Edelfan, die ein T-Shirt mit einem Konterfei der Kaiserin trägt, sie weiß alles über

Sissi, alles, auch über das Medaillon, auf das Heinzerhardt starrt.

»Ist eine Locke von König Ludwig II. drin«, sagt Franzi.

»Eine Locke?«, sage ich.

»Ja«, sagt sie.

»Das ist ja fantastisch«, sage ich.

»Nicht wahr? Tolle Frau«, sagt sie.

»Tolle Frau«, sage ich.

»Eigentlich«, sagt sie, »könnte man ja denken, dass jemand, der mit 16 heiratet, mit 21 dreifache Mutter ist, mit 36 Oma und sich mit 51 Jahren in einer griechischen Hafenkneipe einen Anker tätowieren lässt, wahlweise Mandy oder Mandy heißt und in einem Hochhaus mit einem kaputten Aufzug neben dem Mann mit dem Unterhemd wohnt. Dass es sich hierbei aber um die Biografie der Kaiserin von Österreich handelt, zeigt einmal mehr, wie bodenständig unsere Sissi doch war.«

»Mörder!!!«, klagt eine aufgebrachte Stimme über den Hof.

Schade, dass wir morgen schon so früh rausmüssen.

9. Juli

O Gott! Die Hiobsbotschaften reißen nicht ab! Bis gestern wusste nicht einmal Chicago, dass Yakuza Achmed nicht nur Halbjudenmoslem, sondern zu allem Überfluss auch noch homosexuell ist. Chicago gerät ins Grübeln. Die

Community ist noch nicht so weit, sagt er, die wird das niemals tolerieren. Jetzt können sie nur noch Comedy machen. Ich versuche ihn aufzubauen, nehme ihn in den Arm und sage, dass man auch als Lagerarbeiter bei Knuffmann ein erfülltes Leben haben kann. Denn wenn ich auch nur eins bisher gelernt habe, dann, dass die Lüge tröstlicher ist als die Wahrheit.

10. Juli

Fahre mit Dr. Winterschrot nach Monheim, zur Recherche, inkognito. Wir schlendern durch die beschauliche Innenstadt, wandern auf dem wunderschönen Deich den Rhein entlang, machen einen kleinen Abstecher ins Minighetto und kehren schließlich in ein Café ein, das es auch in Flingern geben könnte und ein wenig unbeholfen *Mit Liebe* heißt. Wir ordern frischen Ingwertee und belegte Brote mit Frischkäse, Walnüssen, Birnenspalten und warmem Zwiebel-Chutney. Aufs Spesenkonto. Mein Doktor griesgramt in die Runde und sagt: »Lange war Monheim nur die schmuddelige, kleine Schwester, bis sich die Einwohner entschieden haben, keinen Politiker mehr zum Bürgermeister zu wählen. Zack, ging's aufwärts. Jetzt boomt es, überall wird gebaut, investiert, gemenschelt. Fürchterlich.« Ich finde es eigentlich ganz hübsch, sage aber nichts, denn die Laune ist nur so semi. Doch dann hellt sich des Doktors Miene auf, denn er hat einen Flyer mit dem Kulturprogramm gefunden: »Na also«, sagt er, »Wanderhure, Trotteljazz und Witzeerzähler. Von wegen Visionär! Alles nur Fassade!«

11. Juli

Karla hört merkwürdige Musik. Finnischen Polka-Jazz oder Dreizehntonmusik aus Aserbaidschan. Und zu Hause nur auf Schallplatte. Polyvinylchlorid mit spiralförmigen Rillen und mechanischer Schallspeicherung. Diese primitive Art, Musik zu hören, hat durchaus Charme, wäre mir aber zu umständlich. Ich liebe Spotify!

12. Juli

Dr. Winterschrot hat mir die erste große Aufgabe übertragen! »Wir müssen diese Stadt wachrütteln. Wir brauchen unbedingt einen neuen Slogan, wir brauchen etwas mit Pfiff und Grandezza! Aufbruch, sage ich, Aufbruch, verstehen Sie, mein lieber Willow, wir brauchen etwas, das die Leute mitreißt, sie euphorisiert!« Ich sage: »Ich bin schon euphorisiert! Nächste Woche steht der neue Slogan!«

13. Juli

Da Karla eine Künstlerin ist, frage ich, ob sie mit mir brainstormen mag. Zu meiner Überraschung sagt sie zu. Morgen bei Pizza und Absinth, für mich Apfelschorle.

14. Juli

Keine einfache Geburt, wie es so schön heißt. Anfangs witzelten Karla und ich noch herum, mit Slogans wie: *LA – Augen zu und durch* oder *LA – schön wär's*, aber das war nur pubertäres Geschwurbel. Wir dachten uns die Köpfe heiß, bestellten eine zweite Familienpizza, wir brauchten etwas, das die Stadt im Innern charakterisiert, und etwas Englisches irgendwo dazwischen oder am Ende. Um kurz nach Mitternacht hatten wir es!

15. Juli

Krisentreffen mit Chicago und Yakuza. »Ich habe deine Biografie den Bedürfnissen des Feuilletons anpassen müssen«, sage ich. »Was soll das heißen?«, fragt Yakuza. »Du kommst aus dem Ghetto und hast dich nicht mit den Fäusten, sondern durch Bildung herausgeboxt!« – »Was für ein Ghetto?« – »Garath.« – »Deine Eltern sind heroin-

und alkoholabhängig, dein Vater schlägt deine Mutter und missbraucht deine kleine Schwester.« – »Was?!« Ich habe eigentlich laut genug gesprochen, wiederhole aber noch mal, denn seine neue Biografie muss er im Schlaf beherrschen, wir dürfen uns da keinen Fauxpas leisten. »Meine Eltern werden mich umbringen«, sagt Yakuza. »Oh«, sage ich, »das würde natürlich auch Presse bringen, aber dazu wird es nicht kommen, das kann ich versichern.« – »Ach ja, und warum nicht?« – »Weil sie hinter schwedischen Gardinen sitzen!« – »Was?!« – »Die Polizei ist gerade auf dem Weg zu deinem Vater, um ihn wegen der Schläge und des Missbrauchs zu verhaften.« – »Was?!« Ich kenne Yakuza Achmed eigentlich nur als ungewöhnlich höflichen, eloquenten und sympathischen Zeitgenossen, nun aber macht er auf mich einen etwas aufgewühlten Eindruck. Ist es, weil ich seine Karriere in Gang bringe, weil er vielleicht Angst vor dem künftigen Starruhm hat? Das könnte ich verstehen, trotzdem hatte ich etwas mehr Dankbarkeit erwartet. »Du musst dir keine Sorgen machen, deine Eltern sind doch Anwälte, die holen sich da selbst in ein paar Wochen wieder raus. Das Gute aber ist: Etwas bleibt immer hängen, in der Presse, und das müssen wir benutzen.«

16. Juli

Das Bratschentrio *Mein lieber Scholli* spielt bei MM zum Nachmittagstee groß auf. Seitdem ihr einstiger Schwarm aus Hamburg-Ottensen gestorben ist, sieht sich die gefühlte Witwe in der Verantwortung gegenüber der kammermusikalischen Hochkultur.

»Mein lieber Willow, schön, dass Sie es einrichten konnten«, sagt MM, »was kann ich Ihnen denn Gutes tun? Remy Martin, Mariacron, Williamsbirne?« – »Nein, danke.« – »Blutwurz?« – »Bitte?« – »Einen Butzelmann im Steinkrug?« – »Was?« – »Kräuterlikör.« – »Nein, danke, gerne etwas ohne Alkohol.« – »Einen Asbach Uralt?« – »Der ist ohne Alkohol?« – »Nein.« – »Dann lieber nicht.« – »Verstehe, Sie sind ein Feinschmecker und warten auf den guten Tropfen, so soll es sein, dann also einen Dujardin Imperial!« Getrunken habe ich dann nichts, den Bratschen aber beim Bratschen zugehört.

17. Juli

Na toll. Von wegen: Die Polizei, dein Freund und Helfer. Sie waren bei Yakuza Achmeds Eltern, haben Kaffee getrunken und sind dann wieder gegangen. Sie haben wohl nur gefragt, ob es irgendwelche Hinweise gebe, wer für die Rufmordkampagne verantwortlich sein könnte. Jetzt verstehe ich auch die Abneigung gegenüber den Gesetzeshütern in gewissen Kreisen.

18. Juli

Die Wiescheider Cowboys*innen reiten wieder! Heute geht es nach Hellerhof.

19. Juli

Vorbereitung auf den großen Tag. Gehe den Text noch mal durch, dabei kann ich ihn auswendig. Sie werden mir zu Füßen liegen, was will man machen.

20. Juli

Präsentation! Ich bin nicht nervös. Supercool. Ich schwitze nur. Und meine Hände zittern. Nanu.

»Niemand«, sage ich, »niemand benutzt mehr leere Floskeln wie *innovativ*, *kreativ* und *dynamisch*, so werden höchstens noch Einwohnermeldeämter beworben. Wie also vorgehen? Viele scheitern bei dem Versuch, ihrer Heimat einen flotten Spruch anzuhängen, wir alle denken da an Bad Homburg, der Herr sei ihren Seelen gnädig. Nicht selten wird der offizielle Slogan auch nicht angenommen, wie in Berlin, wo das Volk sich für die inoffizielle Variante entschieden hat, für Seele und Verruchtheit, Stolz und Nonchalance, für *arm, aber sexy*. Und auch wir wollen den Slogan der Herzen und nicht den der Tourismusbroschüre! Nun ist LA das Gegenteil von arm, und ich käme auch ins Grübeln, ob sexy die allererste Vokabel wäre, die mir einfiele. Also habe ich mir die Frage gestellt, wofür steht diese Stadt, was macht sie aus, was sind ihre inneren Werte fern der reizlosen Hülle? Und wie können wir diese Werte mit einer Prise Humor verbinden? Deutschland ist, wie die Datenanalysen der wichtigsten Forschungsinstitute zeigen, mitten im goldenen Zeitalter der Konservativen. Diese Stadt *liegt* nicht am Puls der Zeit, sie *ist* der Puls der Zeit!«

Ich entferne Heinzerhardts Kuscheldecke vom Flipchart und sage: »Voilà!«

LA – Spießig as hell

Begeisterungsstürme.

Bleiben aus.

Jörg Kapielski dreht seinen Lieblingsbleistift im Bernhard-und-Bianca-Anspitzer herum, Yvonne Gründgens nimmt sich noch einen Konfikeks, den letzten mit Marmeladenfüllung, wofür ich sie töten könnte, und Dr. Winterschrot verschränkt die Arme vor seinem Bauch. »Ja, also, mein lieber Willow, vielen Dank für diesen ersten Entwurf«, sagt er. Nach einer quälend langen Pause fährt er fort: »Es ist natürlich richtig, was Sie sagen, doch wir sind die Zukunftswerkstatt, wir dürfen nicht am Puls der Zeit sein, wir müssen dem Puls der Zeit voraus sein. Denn wie jedes goldene Zeitalter geht auch dieses vorüber, und vielleicht sind Sie mit den aktuellen Untersuchungen der wichtigsten Zukunftsforscher nicht vertraut, die ja geradezu eindrücklich darauf hinweisen, dass der Angepasste ein Auslaufmodell ist. Unsere Aufgabe ist es, das Kommende frühzeitig zu erkennen und darauf zu reagieren. Mit frischen Ideen. Wir sind der Think Tank für die Zukunft und nicht die Hinterherrenner der Gegenwart. Nun kann ein Slogan das alles natürlich nicht transportieren, aber in eine Richtung weisen, das kann er schon. Er darf auch gerne frech und ein wenig ungewöhnlich sein, Humor finde ich auch gut, ich muss da immer an die Baden-Württemberger denken, die kein Hochdeutsch können, toller Spruch, bleibt hängen. Außerdem müsste es positiver sein, und vielleicht ein bisschen internationaler.«

21. Juli

Was für eine Pleite. Vielleicht ist Karla der falsche Einfluss. Ich brauche eine neue Inspiration. So ich der Filmkunst vertraue, muss der Künstler kurz vor dem existenziellen Zusammenbruch stehen, um Großes zu vollbringen. Ich leihe mir Klausis Plattenkoffer, schließe mich ein, kappe – nachdem die Familienpizza eingetroffen ist – alle Verbindungen zur Außenwelt, ziehe meinen Schäfchenbademantel an, betrinke mich mit Vanille Cola und erwarte die Verwahrlosung.

22. Juli

Yakuzas Kopulationsgefährte heißt Didi und sieht aus wie He-Man.

23. Juli

Mein zweiter Versuch. Fraglich, ob ich noch einen weiteren bekomme. Die Anspannung ist im ganzen Raum zu spüren. »Ich hätte auf Nummer sicher gehen können«, sage ich, »aber ich bin nicht hier, um auf Nummer sicher zu gehen, ich bin hier, um zu raketen. Unser Slogan darf nicht mehr langweilig, altbacken, gestrig sein, da kann und muss ich unserem verehrten Dr. Winterschrot beipflichten. Wir wollen keine graue Maus, wir wollen einen pinkfarbenen Elefanten, wir wollen ins Gespräch kommen, und das können wir nur, wenn wir auffallen, anecken, erdbeben. Und so habe ich mich für ein Zitat entschieden. Wir müssten uns bezüglich der Rechte mit einer Band aus Hannover mal kurzschließen, aber ich denke, dass es da keine Probleme geben wird.« Ich befreie das Flipchart von seinem goldenen Tuch und sage: »Voilà.«

LA
Here I am – rock you like a hurricane

Könnte jeder hören. Eine Nadel, die auf den Boden fällt. Eine Vase auch. Oder eine Mikrowelle. Dr. Winterschrot verschränkt die Arme, blickt in Richtung Deckenbeleuchtung, reibt sich am Kinn, wackelt mit seinem Kopf nach links, nach rechts und sagt: »Das ist es!«

24. Juli

Karla und ich fahren morgen nach Neuss ins Geschwister-Scholl-Haus. Zu einem Konzert der Band *Tony Tomate kann Karate*. Sind Freunde von ihr, auch Kunststudenten, die experimentelle Elektromusik spielen, was auch immer das bedeuten mag. Vorbands sind *Kernkraftlimonade* und *Micropenis*. Bin gespannt.

25. Juli

Habe mir *Tony Tomate kann Karate* angeschaut und muss sagen: kein Vergleich zu Judas Priest. Meistens war es Krach. Sie sprachen zwischen den Liedern auch ewig lang von Dingen wie Dekonstruktion und Metamorphose. Ein amtliches Gitarrensolo wäre mir lieber gewesen. Aber nett waren sie, die Tomaten. Wenngleich ich dem Gespräch zwischen Karla und Kaleu Neun, dem Sänger der Tomaten, nicht so recht folgen konnte. Es fielen Sätze wie »Tocotronic haben zwei sensationelle Alben gemacht, dann haben sie sich weiterentwickelt« oder »Jan Wagner ist die Julia

Engelmann unter den Lyrikern« oder »Honneth ist der Sparkassenvertreter der Philosophie« usw. usf.

26. Juli

Bekomme einen eigenen Grafiker, um die Flyer zu gestalten und das Werbebudget zu verschleudern!

27. Juli

Es gab Einwände seitens der Gleichstellung. Frau Dr. Maria Mertens schrieb höchstpersönlich dem werten Kollegen Dr. Martin Winterschrot. Es sei ein latent maskuliner Spruch, Hurrikan zudem männlich konnotiert, um jedoch nicht nur Kritik üben zu wollen, sondern auch konstruktiv zu sein, schlage man anstatt *der* Hurrikan, *die* Windhose vor. Da wurde unser Doktor aber fuchsteufelswild und schrieb zurück, wie das denn wohl klingen würde: LA – Here I am, rock you like a Windhose. Und, wo man schon dabei wäre, ob Hosen denn nicht eher Männer als Frauen tragen würden.

28. Juli

Heute hat sich Matti, mein Grafiker, bei mir vorgestellt. Er ist von der Werbeagentur ROSWITHA. Einmal die Woche sollen wir uns fortan treffen, um die superwichtigen Dinge wie Layout oder so abzusprechen. Matti ist eigentlich noch Student und arbeitet freiberuflich. Er ist ungemein höflich und supinett. Allerdings scheint er nie zu essen, so dünn, wie er ist.

29. Juli

Wunderschöner Tag. Matti und ich fahren zur Besprechung mit dem Rad in die Nachbarstadt nach Flingern. Karla wollte mit mir nie dorthin, weil sie »endgentrifizierte Orte, in denen man für ein Glas heißes Wasser mit drei Minzblättern den Gegenwert eines Gebrauchtwagens berechnet« nicht mal in ihren Albträumen aufsuchen würde. Ich hingegen bin ganz angetan von diesem ehemaligen Arbeiterviertel, mit diesen liebevoll eingerichteten Cafés und den süßen kleinen Lädchen, die Selbstgemachtes verkaufen, wie zum Beispiel Lätzchen. Bei *Oma Erika*, einem dieser niedlichen Cafés, kehren wir ein, und ich lerne Fin, Anika und Emily kennen, Mattis Kommilitonen, die dort zufällig auch kaffeeklatschen, supinette und ausgesprochen höfliche junge Menschen, die nichts mit Karlas Kratzbürstigkeit gemein haben. Ich bestelle einen heißen Kakao und ein Stück Kirschkuchen und hoffe, dass mein Monatslohn ausreichen wird. Die Studenten unterhalten sich angeregt über Kinderkriegen, Rentenversicherung und Einbauküchen, ab und an werfe ich ein »Aha« oder ein »Mhm« hinein, und so plätschert der Tag ganz angenehm dahin. Bis Matti eine WhatsApp-Nachricht erhält und sein Gesicht leichenblass wird. Die heimische Stadtsparkasse hat ihm soeben mitgeteilt, dass er einen Designwettbewerb für ein Antirassismus-Emoji gewonnen hat. Ich weiß, wie wichtig es für Matti ist, etwas Sinnvolles zu tun, und so gratuliere ich aufs Herzlichste. Ich rede ihm gut zu, dass er diesen fantastischen Erfolg auch gebührend feiern solle. Er fragt, was ich damit meine, und ich sage, dass eine Lokalrunde ein guter Anfang sei. Matti starrt mich an, als hätte ich ihm vorgeschlagen, er solle Welpen mit Benzin übergießen, anzünden und von einer Talbrücke werfen. Doch will ich nicht zagen, denn Matti muss auch mal ausbrechen, mal etwas Gewagtes tun. Meine Hartnäckigkeit ist aus jenem Holze geschnitzt, aus dem man sonst Panzer baut. Matti steht auf, seine Ohren leuchten rot, seine Wangen auch, er nimmt den Kaffeelöffel in seine rechte Hand, die anfängt zu zittern, er sucht Augenkontakt und findet mich, ich nicke ihm aufmunternd zu, dann schlägt er sanft den Löffel zweimal gegen die Kaffeetasse, hier und da werden Gespräche unterbrochen, andere adrette junge und nicht mehr ganz so junge Menschen starren Matti an, dessen Wangen nun glühen, ich nicke ein weiteres Mal, und dann zeigt Matti, was für ein Hasardeur in ihm schlummert, er drückt den Rücken durch, holt tief

Luft und sagt mit zarter, sich überschlagender Stimme: »Chai Latte für alle!«

30. Juli

Nächste Woche ist das Garath-Battle in der Freizeitstätte. Mein erster öffentlicher Auftritt als Manager. Wir sind alle megaaufgeregt.

31. Juli

Habe Torben heute gefragt, ob er auch mal andere Filme schaut, so wie die in diesem Fernsehen, in denen Männer und Frauen ganz anders miteinander umgehen. Geschlechtsverkehr haben sie dort nur ganz selten, und wenn, dann unter der Decke. »Warum?«, hat er geantwortet, »die Schauspielkunst im Fernsehen hat nicht das gleiche Niveau, mich jedenfalls berührt sie emotional gar nicht. Meine Mutter hat immer so von Meryl Streep geschwärmt, so eine amerikanische Schauspielerin, die ganz viele Oscars gewonnen hat. Musst du dir unbedingt anschauen, hat sie gesagt, unbedingt. Ständig lag sie mir damit in den Ohren. Fürchterlich. Ich habe ihr dann den Gefallen getan und mir *Ricki and the Flash* angeschaut. Darin spielt Meryl Streep eine alternde Rocksängerin. Biedere Story, fürchterliche Musik, kitschiges Ende. Method Acting, dass ich nicht lache. Ich weiß, was Method Acting bedeutet, ich sehe das jeden Tag. Dirty Monika in *Die dritte Frau*, das ist Method Acting, aber Meryl Streep? Könnte ich mir in einem Porno auch gar nicht vorstellen.«

Dann haben wir uns zusammen *Studio Liebelein* angeschaut, und ich muss sagen, dass Torbens Argumente nicht so ganz von der Hand zu weisen sind.

1. August

Das Radio kommt nach Garath! Zum Battle! Karla meint, 1Live sei Radio für Kanarienvögel. Ich weiß zwar nicht, was für Musik Kanarienvögel hören, aber es muss etwas Besonderes sein, denn Chicago ist ganz aufgeregt, dass dieser Radiosender vor Ort berichtet.

2. August

Chicago und Yakuza legen einen sensationellen Auftritt hin. Eine junge Frau mit Mikrofon gesellt sich zu uns und stellt sich als 1Live vor. »Ah«, sage ich, »das Radio für Kanarienvögel«, um gleich mal klarzustellen, dass ich weiß, wen ich da Wichtiges vor mir habe. Die junge Frau schaut mich komisch an, stellt sich zwischen meine Schützlinge und sagt: »Hier ist die Luzie für 1Live. Ja du, Jochen, ich stehe hier mit Chicago und Yakuza, die haben gerade eben noch performt, Gänsehautfeeling, kann ich da nur sagen, Gänsehautfeeling.« Dann dreht sich Luzie zu Chicago um, legt ihre linke Hand auf seine Schulter und sagt: »Alter, Alter, wie hammerfuckinggeil war das denn?! Ihr habt so mega abgeliefert, Glückwunsch noch mal, ich bin immer noch ganz geflasht. Wie war das so für euch, in eurer Hood aufzutreten, Chicago? Wie fühlt ihr euch? Erzähl doch mal.« Chicago versteinert, er hat eine Schwäche für Luzie vom Radio, das kann man sehen, ganz deutlich, die Ohren rot, der Mund weit auf, und so ist der Manager in mir gefragt, der seinen Ellenbogen in des Träumers Hüfte rammt. Chicago erwacht aus seiner Starre und gibt ganz den Profi: »Ja, war auf jeden Fall 'ne geile Nummer«, sagt er, »ich möchte hier noch den King Low, Detlev Libanon, die Asilanten Crew, Aische Katholisch, Kai Piranha und die Sybille, meine Mama, grüßen.« – »Ja, super, Chicago. Und du, Yakuza, also das mit den Heidigga-Zitaten, das ist so eine abgefahrene Idee, das muss ich an dieser Stelle auch den Zuhörern mal erklären, also die Texte vom Yakuza sind ausschließlich Zitate von dem berühmten Philosophen Matti Heidigga, sag mal, Yakuza, das würde mich jetzt mal interessieren, wie bist du überhaupt darauf gekommen?« Yakuza starrt Luzie an, und ich denke noch, jetzt bitte keinen Zickenkrieg, da sagt Yakuza schon: »Gehirn. Ich habe ein Gehirn.«

3. August

Ausritt mit den Wiescheider Cowboys*innen, in die Prärie, nach Leichlingen. Vor jedem gemeinsamen Ritt singen wir ein selbst komponiertes Lied von Hilla und Asterios. Stärkt das Gemeinschaftsgefühl, meint Hilla. Es ist eine Art Hymne der Wiescheider Cowboys*innen. Die Melodie federleicht schlageresk, der Text ungemein romantisch.

Einsamer Cowboy,
wo willst du hin,
Einsamer Cowboy,
was ist dein Ding?
Einsamer Cowboy,
im kalten Wind,
Einsamer Cowboy,
komm heim geschwind.

Ich hab mal was von Judas Priest vorgeschlagen. Kam aber nicht so gut an. Seither müssen Sam Hawkens und ich in der letzten Reihe reiten, gemeinsam mit Ludmilla und ihrer Schimmelstute Hannelore Kohl. Und das wäre auch alles nur halb so schlimm, würde Ludmilla nicht denken, sie sei Kenny Rogers und habe den Nobelpreis für Literatur gewonnen. Asterios versuchte Ludmilla mal davon zu überzeugen, dass nicht Kenny Rogers, sondern Bob Dylan den Nobelpreis für Literatur gewonnen habe, doch Ludmilla ließ sich nicht verarschen und sagte nur: »Träum weiter.«

4. August

Übermorgen geht es in den wohlverdienten Sommerurlaub! All-inclusive!

5. August

Musste schweren Herzens Wacken absagen. Habe auf der Arbeit nicht für beides freibekommen. Die Trauer ist grenzenlos. Und was macht Klausi? Erzählt noch auf der Rückfahrt in epischen Breiten, wie golden es war, er, der sonst kaum den Mund aufbekommt, auf einmal Wasserfall. Telefonisch! Kurzzusammenfassung: Alice Cooper wurde von einer Krankenschwester in eine Zwangsjacke gesteckt und live auf der Bühne geköpft, Accept waren mit Symphonieorchester am Start, Emperor mit Kult-Album und Kreator mit Spitzentrash, es gab natürlich auch wieder super Regen mit Schlammschlachten, ein hammer Rahmenprogramm mit den hochbrisanten Themen Mittelalter und Endzeit, Spießbraten, vegane Burger, Bierpipeline, bei Amon Amarth sogar Feuerfontänen, Schwertkämpfe und Spezialgast Doro, ein emotionaler Höhepunkt nach dem anderen, und bei *Twilight of the Thunder God* hatte Klausi Tränen in den Augen, wie er sagte. Er war sogar beim *Metal Yoga mit Saskia*! Mein Klausi! Er wusste doch, wie sehr ich mich darauf gefreut hatte. Hurensohn.

6. August

Angenehmer Flug, freundliche Stewardessen, herrlicher Orangensaft und am Gepäckband auch noch Monique und Conny kennengelernt, die, wie das Schicksal so spielt, ebenso im Ben-Hur gebucht haben. Der Bustransfer zum Hotel verläuft reibungslos, die Landschaft ist fantastisch, das Meer ungestüm und das Hotel ein Gedicht, ein pauschales. Ich spüre schon beim Betreten der kleinen Lobby, dass diese Woche ganz besondere Abenteuer für mich bereithält.

7. August

Frühstück
Pool
Mittagessen
Pool
Kaffee und Kuchen
Pool
Abendessen
Pool
Disco

8. August

Frühstück
Pool
Mittagessen
Pool
Wassergymnastik
Pool
Kaffee und Kuchen
Pool
Abendessen
Pool
Disco

9. August

Frühstück
Pool
Mittagessen
Pool
Bogenschießen
Pool
Kaffee und Kuchen
Pool
Abendessen
Pool
Disco

10. August

Frühstück
Pool
Mittagessen
Pool
Wochenmarkt
Pool
Kaffee und Kuchen
Pool
Abendessen
Pool
Disco

11. August

Frühstück
Pool
Theater!

Benny, mein Lieblingsanimateur, fragt, ob ich beim freitäglichen Theaterstück mitmachen wolle, ihm sei mein schauspielerisches Talent neulich aufgefallen. Ich fühle mich geehrt und frage: »Wo genau?« Benny schaut mich länger an, so, als würde er die Frage nicht verstehen, und sagt dann: »Am Büfett.« Wie auch immer. Glücklicherweise habe ich mich ein wenig in die Theaterwelt eingelesen, der Mephisto oder die Antigone liegen mir im Blut, hingeben wolle ich mich, bedingungslos, welches Stück also soll es sein? König der Löwen, sagt Benny, und ich soll die Büffelherde spielen.

Büffelherde? Ich erkläre ihm, dass Herde nicht nur einen, sondern viele Büffel impliziere, woraufhin Benny sich umdreht und zur All-inclusive-Bar blickt, die in den frühen Morgenstunden nur zwei Gäste vorzuweisen vermag. »Dann nehmen wir noch den Conny und die Monique dazu.« Ich blicke zu meinen beiden Urlaubsbekannten, die körperlich den Eindruck vermitteln, als seien Seeelefanten ihre Eltern gewesen. Werden wir hier auf unsere Körper reduziert? Weiß Benny, auf welch dünnem Eis er sich da befindet? Da haben schon ganz andere Regisseure ihren Hut nehmen müssen, mit Diskriminierung ist nicht zu spaßen. Aber ich halte mich bedeckt, ich sage nicht einmal, dass es gar keine Büffelherde, sondern eine Gnuherde ist, denn ich will meine Karriere nicht in einem so frühen Stadium schon aufs Spiel setzen. Um zu zeigen, wie ernst mir die Sache ist, lasse ich Kaffee und Kuchen, Pool, Abendessen, Pool, Disco aus und bereite mich gewissenhaft auf meine Rolle vor, verinnerliche, werde eins, löse mich auf, wohlwissend, dass es keinen zweiten Daniel Day-Lewis geben kann, gleichwohl: Sag niemals nie!

12. August

Frühstück

Probe

Mittagessen

Pool

Generalprobe

Pool

Kaffee und Kuchen

Pool

Abendessen

Aufführung! Standing Ovations! Unsterblichkeit!

Disco

13. August

Wieder zu Hause!

14. August

Menschen ziehen Grenzen. Um ihr Haus, um ihre Stadt, um ihr Land. Und es ist kompliziert, wenn sie in ein neues Land wollen, weil ihnen ihr altes nicht mehr so gut gefällt oder weil dort mörderische Banden ihr schlimmstes Unwesen treiben. Und nun sind Millionen hierher gekommen, und es gibt allerhand Probleme. Und ganz viele Meinungen. Chicagos sieht so aus: »Geht mir total auf den Sack, diese verlogene linke und rechte Scheiße. Menschen in Not hilft man, juden- und schwulenhassenden Menschen mit einem Frauenbild aus der Vorhölle sagt man höflich, dass man leider keine Rücksicht auf ihre scheiß Gefühle nehmen könne und dass sie sich ihre scheiß Gefühle in den Arsch schieben können. Fotzen.«

15. August

Bin bei Karla zum Peter-Frankenfeld-Abend eingeladen. Wir schauen eine Show aus dem Jahr 1975, dazu gibt es vegane Pizza und Saft aus Äpfeln. Frage Karla, warum ich auf Instagram so wenig Erfolg habe. Sie verdreht merkwürdig die Augen und sagt: »Wie hat dir der Ausflug nach Zons gefallen?« – »Ganz okay«, sage ich. – »Deshalb.« – »Bitte?« – »Weil du nicht total dankbar für diese Erfahrung bist, weil dich dieser authentische und gastfreundliche Ort in deiner persönlichen Entwicklung nicht weitergebracht hat, weil du nicht den Hauch der Melancholie gespürt hast, als die Sonne deine weiche Silhouette an die Kirchenmauer warf und du all die Lieben daheim nicht ganz doll schlimm vermisst hast, kurzum also, weil du ein gefühlloses Nichts bist.« Dann dreht sie sich wieder um und schaut weiter Peter Frankenfeld zu, der mit Walter

Giller über Alkohol sketcht. Ich aber bin am Boden zerstört.

16. August

Die Deutschen haben Honig im Kopf und ficken Göhte, das ist nicht lustig, das ist traurig. Niemand beachtet den jungen Mann im grünen Parka, der vor dem Kino steht und sein selbst gemachtes Pappschild in die Höhe hält. Diese Kälte irritiert mich. Ich kann nicht anders, gehe auf den jungen Mann zu und sage: »Sei nicht traurig, mein Freund, nimm diesen Euro, gehe hin und kauf dir Alkohol.«

17. August

Kollege Kapielski ist voll der Gangster. Er hat Yvonne Gründgens in einem unbeobachteten Moment ein Tütchen Salz in den Kaffee geschüttet. Ich bin zwar in Kriminalfällen nicht sonderlich bewandert, aber wenn es Jörg Kapielskis Absicht gewesen sein sollte, nicht sogleich als Täter infrage zu kommen, so ist es mir ein Rätsel, warum er – als Einziger – hinter vorgehaltener Hand kicherte, als die stellvertretende Chefin ihren Kaffee probierte und in hohem Bogen gegen das Flipchart spuckte. Yvonne Gründgens zog ernsthaft in Erwägung, eine Strafanzeige wegen Körperverletzung in Betracht zu ziehen. Daraufhin wurde Jörg Kapielski leichenblass.

18. August

Chicago und Yakuza wollen ein neues Video drehen. Ob ich da jemanden kenne. Was für ein Zufall, dass ich gestern auf dem Hundeplatz Mahlzeit Schmidt und seine Mopsdame Annemarie kennengelernt habe. Mahlzeit ist das, was die Menschen einen Hipster schimpfen, und zudem Videofilmer, der zwar seinen Brotjob bei Pixlip mag, künstlerisch aber immer auf der Suche nach neuen Abenteuern ist, wie er sagt. Werde ihn gleich morgen kontaktieren.

19. August

»Habe Mahlzeit Schmidt für das Video gewinnen können!« – »Wen?« – »Mahlzeit Schmidt, superbekannter Musikvideofilmer.« – »Was hat er denn bisher so gedreht?«, fragt der hyperkritische Yakuza nach. »Na, Musikvideos.« – »Von wem?« – »Von Musikern?!« – »Welchen?« Will der mich verarschen? Ich kümmere mich nicht weiter um den despektierlichen Juden, gebe Chicago die Ghettofaust und mache mich auf den Weg zu Zurheide, die haben heute Biogurken im Angebot, für 49 Cent!

20. August

Karla fragt, ob ich nächste Woche bei der Lou-van-Burg-Nacht dabei sein möchte. Ich habe keine Ahnung, wer das ist, und frage: »Warum?« Sie schaut mich an, als sei ich überbelichtet, und sagt: »Weil er den *Bravo Otto* in Bronze gewonnen hat?! Zweimal.« Spüre eine leichte Migräne aufkommen.

21. August

In der Bevölkerung scheint sich der TTLA noch nicht so recht rumgesprochen zu haben. Wenn wir Feldforschung betreiben, hier und da mal bei den Bürgern nachhorchen, was so ihre Ängste, Wünsche und Träume sind, wie sie sich eine moderne Stadt im 21. Jahrhundert vorstellen, und so weiter, dann reagieren nicht wenige wie Meisterin Jasmin vom Salon *Beauty und Hair*.

»Wir sind vom TTLA.«

»Was?«

»Think Tank LA.«

»Was?«

»Gedankentank LA.«
»Was?«
»Wir kommen von der Stadtverwaltung.«
»Warum sagen Sie das nicht gleich?«

22. August

Wir haben innerhalb unserer Task Force eine Task Force eingerichtet, deren Aufgabe es ist, den TTLA in der Bevölkerung bekannter zu machen. Mitglieder der Task Force sind ich und Yucca, die Büropalme. Dr. Winterschrot erwartet erste Ergebnisse vor Ende der Woche. Easy.

23. August

Habe meinen Jungs einen Auftritt auf dem diesjährigen Kartoffelfest besorgt. Als Vorbands konnte ich zu einem günstigen Kurs das Who's Who der Hunsrücker Musikszene buchen! Einheizen werden *Volles Achselhaar* und *Tamponade Dirk*. Läuft.

24. August

Ludmilla, meine Reitgefährtin, hat mich um Hilfe gebeten. Ihr Deutsch lasse genauso viele Wünsche offen wie das Russisch hiesiger Wohnungsmakler. Ich begleite sie gerne zur Besichtigung, stoße jedoch schnell an meine Grenzen als Helfer der Herzen. Problematisch ist nicht die Sprache, sondern das Aufeinandertreffen nicht kompatibler Realitäten. Der Makler in Hennes und Mauritz ist zwar freundlich, aber nur eindimensional begabt.

»Name und Beruf?«

»Kenny Rogers, Nobelpreisträger.«

»Was?«

»Für.«

»Was?«

»Für Literatur.«

25. August

Kartoffelfest hat abgesagt. Sie wollen jetzt doch lieber den Panflötisten Achim El Paso aus Bergisch Gladbach auftreten lassen. Esse fortan nur noch Nudeln!

26. August

Suchen dringend DJ für Matinee. Die Anzeige im *Rheinboten* sprach zu meinem Herzen. Oda, die Veranstalterin, machte am Telefon einen supersympathischen Eindruck. Und sie war verzweifelt. Ihr angestammter DJ sei spontan erkrankt, sie suche händeringend Ersatz für Sonntag. Hilfe ist mein zweiter Vorname, sagte ich, verschob unverschiebbare Termine, Helden tun so etwas, DJ Granate sowieso. Sie sagte noch, das Publikum sei dankbar, 70 plus, musikalisch vorgebildet, etwas Melodiöses solle ich spielen, gerne Schlager, aber mehr so Peter-Alexander-mäßig. Wie auch immer. Ich lieh mir Chicagos Turntables und stellte aus Klausis umfangreicher Plattensammlung ein Potpourri der Extraklasse zusammen. Mission Kinderspiel.

27. August

Den ganzen Tag mit der Playlist für die Matinee verbracht. Auswahl: Cannibal Corpse, Kreator, Cradle of Filth, Mayhem, Napalm Death, Annihilator, Venom, Celtic Frost, Judas Priest, Hammerfall, Slayer, Iron Maiden und Accept. Da ist für jeden was dabei, da kann sich nun wirklich niemand beschweren.

28. August

Der Flügelsaal ist hergerichtet, weiß gedeckt, betulpt, geschirrt. Wunderschön. Die Gäste sind jenseits von alt und in gespannter Vorfreude. Ich zähle 24 Ladys und zwei Gentlemen. Es gibt Schwarzwälder Kirsch, Käsesahne und Donauwelle. Eine perückte 80-Jährige im beigefarbenen Ausgehkostüm fragt: »Sind Sie der Dick Jockey?« Ich sage Ja und kümmere mich nicht weiter um das Groupie. Torben meinte, ich solle mich vor Groupies in Acht nehmen, die wollen nur, dass man sie schwängert, und dann sind die Tantiemen futsch. Nicht mit mir.

Ich starte mit *Dystopia* von Megadeth. Zum Reinkommen. Super Anlage, der Boden bebt. Doch was sich als Selbstläufer erweisen sollte, entpuppt sich als ernst zu nehmende Herausforderung. Das Publikum ist anspruchsvoller als erwartet. Niemand tanzt. Von Tisch vier aus meine ich gar eisgekühlte Blicke wahrzunehmen. Ich fade zu *Native Blood* von Testament, gleite geschmeidig zu *Teutonic Terror* von Accept über, versuche es mit melodischem Death Metal von Amon Amarth und komme langsam ins Schwitzen, denn niemand, absolut niemand betritt den heiligen Boden, um das Tier mit den Borsten rauszulassen, nicht einmal ein amtliches Luftgitarrensolo wird zum Besten gegeben, nichts. Ganz im Gegenteil. Ein gutes Dutzend Feierwütiger verlässt den Saal. Das Groupie im beigefarbenen Ausgehkostüm streunt auf mich zu und fragt, ob ich nicht mal was anderes spielen könne, Udo Jürgens vielleicht, *Aber bitte mit Sahne*, das habe ihr Walter immer so gerne gehört. Ich hatte mir eigentlich fest vorgenommen, keine Liederwünsche zu erfüllen, das ist so Wald-und-Wiesen-DJ-mäßig, doch es hilft ja nichts, man muss dem Publikum geben, was es will, und es will – wie immer – Gassenhauer. Ich lege *One* von Metallica auf und rechne mit einem Inferno.

Zehn weitere Gäste verlassen den Saal. Vier bleiben. Eine hat ihren Kopf in ihre Donauwelle fallen lassen, zwei andere haben ihr Hörgerät rausgenommen und sich in Halma, das Brettspiel, vertieft. Und dann steht sie da. Die eine. Einfach so. Mitten auf der Tanzfläche. Die Beine angewurzelt, der Kopf nickt zur doppelten Bassdrum, und auf ihrem mannigfaltigen Gesicht macht sich ein Lächeln breit. Von Anfang an war es nur um sie gegangen, ich hatte es nur nicht gewusst, es geht immer nur um sie, um die eine, und ich, ich bin der glücklichste DJ der Welt!

29. August

Oda meinte, ich solle mein Glück als Tellerwäscher versuchen und sie nie wieder anrufen. Also manchmal ...

30. August

Luftballons? Kugelschreiber? Coupons? Wie macht man eine Zukunftswerkstatt in der Bevölkerung bekannt? Um den Kopf freizubekommen, gehe ich ins Kino. Als ich wieder rauskomme und der Regen den Beton in Nässe taucht, weiß ich, was zu tun ist.

31. August

Habe Karla gebeten, mir ein Bild für die Präsentation auf dem Flipchart zu malen. Morgen ist Präsentation.

WC
LA

1. September

»Was also können wir tun?«, frage ich in die Runde. Mein Blick schweift souverän durch die Reihe, verweilt kraftvoll für einen kurzen Moment bei Dr. Winterschrot, um schließlich in der Ferne das Weite zu suchen. »Sympathie«, sage ich, »Sympathie wird nicht mit einem Kugelschreiber erkauft. Auch nicht mit einem Luftballon. Sympathie muss erkämpft und verdient werden. Eine hochgescheite Person meines Vertrauens sagte zu mir in weiser Stunde, dass nur, wer über sich selbst zu lachen vermöge, ein Sieger der Herzen sei. Das Credo einer anderen hochgescheiten Person meines Vertrauens besagt: Entweder du knallst oder du knallst nicht. Wir wollen knallen, wir stehen über den Dingen, und wir stehen mittendrin, wir gehen hinaus, auf die Straße, wir sind nicht die knöcherne Bürokratie, wir sind der TTLA, wir sind des Volkes Narr und sein geistig Souverän, wir sind das Licht in eine ungewisse Zukunft, wir sind: Captain LA, Wonder Yvonne, Iron Jörg und der unglaubliche Willow!« Mit Schwung reiße ich das nächste Blatt vom Flipchart und sehe in staunende Gesichter. Karlas Zeichnung geht steil.

Eventuell.
Totenstille.
Husten.
Atmen.
Ausbruch.
»Gewagt!«, sagt Dr. Winterschrot. »Gewagt, aber genial!«

2. September

Erstes Treffen mit Mahlzeit und meinen beiden Rappern. »Hallo, ich bin der Mahlzeit«, sagt Monsieur Schmidt und erobert mit seiner samtenen Stimme die Herzen im Sturm, »voll schön, euch endlich kennenzulernen. Willow hat mir ja schon ein bisschen was über euch erzählt, und ein paar Songs kenne ich ja auch schon. Wenn ich euch richtig verstehe, verbindet ihr die Hochkultur mit dem Proletariat. Finde ich großartig. Und ich habe da auch schon ein paar Ideen im Hinterstübchen. Um zu schocken, könnten wir mit Hakenkreuzen experimentieren, ironisch natürlich, als Blindenbinde oder so.« – »Bitte?«, fragt Yakuza. »Na ja, wegen Heidegger, dachte ich.« »Nächster Vorschlag«, sagt Yakuza. »Okay, dann ist natürlich Antiästhetik immer noch hip.« – »Soll heißen?« – »Als Outfit könnte ich mir violette Sport-Blousons der Marke Adler aus den 80ern und beigefarbene Jogginghosen mit Pipiflecken vorstellen.« »Geil!«, sagt Chicago, doch Yakuza schüttelt nur den Kopf und schaut gelangweilt.

3. September

Erholung vom stressigen Managersein. Bin froh, dass wir uns nach unendlichen Diskussionen schließlich auf eine Location für den Dreh einigen konnten: bei Heißmangel Simone. Kostet nur eine »Runde Berliner«, Chicago hat da Beziehungen.

4. September

Karla und ich besuchen Köln-Mülheim, sie mag den Stadtteil, trotz des Wiener Platzes. Sie mag das Lebendige, Unfertige, Widersprüchliche. Mülheim hat sogar ein eigenes Ausland. Es heißt Keupstraße und ist laut. Um uns zu stärken, kehren wir in ein kulinarisches Etablissement ein, dessen Fotografien von Falafeltaschen uns mit spielerischer Leichtigkeit um den Finger wickeln. Tosun, der Falafeltaschenbefüller, ist ein ungewöhnlich kommunikativer Mensch, er fragt ganz alltägliche Dinge, wie es uns geht, ob wir die Sonne mitgebracht hätten, aus welchem Land wir kommen und so. Karla bestellt zwei Falafeltaschen und sagt, dass wir aus Deutschland kommen, liege gleich ums Eck. Beide lachen, ich dann auch, weiß aber gar nicht, warum. Tosun erinnert mich rein äußerlich an einen meiner Schützlinge, und so frage ich ihn, ob er Yakuza Achmed kennt. Er schüttelt den Kopf. Rapper, sage ich. »Ah, wie Eko Fresh«, sagt er. »Wer?« – »Eko Fresh.« Was ist denn das für ein bescheuerter Name?, denke ich, sage aber: »Ich zitiere aus dem Song *Thermowichser*, vielleicht fällt dann der Cent: *Die durchschnittliche Alltäglichkeit des Daseins* kann demnach bestimmt werden als *das verfallend-erschlossene, geworfen-entwerfende In-der-Welt-sein, dem es in seinem Sein bei der ›Welt‹ und im Mitsein mit Anderen um das eigene Seinkönnen selbst geht.*«[5] – »Was soll das sein?«, fragt Tosun. »Heidegger«, sage ich. »Und was soll das bedeuten?« – »Bin ich ein Philosoph? Keine Ahnung. Irgendwas Wichtiges. Die Falafeltasche bitte ohne Zwiebeln.«

5. September

Heute den Rough-Cut des Videos gesehen. Kann nur sagen: sensationell! Besonders die Szenen im Bügelstudio, ganz, ganz großes Kino!

6. September

Habe heute das Video auf YouTube hochgeladen. Zwei Aufrufe innerhalb von nur vier Stunden. Läuft!

[5] Heidegger, Martin: Sein und Zeit, Tübingen 1993, S. 181.

7. September

Am Wochenende ist Kirmes. Torben hat minutiös geplant: Morgen ist im Festzelt die Ballermann-Party, Eintritt frei. Am Samstag beginnen wir mit der Mundartmesse in der Pauluskirche, anschließend Festumzug mit Fanfarenchor und Altstadtfunken zur Ausgrabung des Kirmespatrons Zachäus und zum Abschluss dann wieder Festzelt mit fetziger Musik. Am Sonntag das große Schürreskarrenrennen am Brandshof mit Hüpfburg und Riesenseifenblasen. Das Leben in dieser Stadt ist nicht arm an Action und Action.

8. September

Die Kostüme sind da! Die Anprobe ist ein großes Juchhu für das Gemeinschaftsgefühl. Wir sehen galaktisch aus! Um mich auf meine Rolle als grünes Monster vorzubereiten, musste ich sogar Torben und dem Kirmeswochenende absagen.

9. September

Puh, hätte beinahe den Auftritt meiner Schützlinge in Düsseldorf vergessen. Der Battle in der Christuskirche lief nicht unbedingt nach Plan. Die Konkurrenz war allerdings auch brutal. Gewonnen hat Wolf Gang vor Tinder Milchschnitte.

Chicago + Yakuza erreichen einen sehr guten vierten Platz. Da sie nicht wirklich glücklich darüber zu sein scheinen, baue ich sie auf, nicht mit sinnlosen Allerweltssprüchen wie *Dabeisein ist alles*, sondern mit Hoffnung, mit dem Vertrauen darauf, dass sich alles zum Guten wenden wird, und so sage ich: »Die Letzten werden die Ersten sein!«

10. September

Gewonnen! Beim Preisausschreiben! Eine Städtereise nach Berlin. Für zwei Personen. Wie großartig ist das denn? Da ich weiß, dass Karla Berlin mag, frage ich sie, ob sie mitkommen will. Und was soll ich sagen: Sie will! Wird ein großes Wochenende!

11. September

Iron Jörg dachte, er müsse in dem Kostüm auch zur Arbeit erscheinen. Er war der Einzige, der das dachte.

12. September

Karla hat einen Plan für das Berlin-Wochenende gemacht: Shoppen, Theater, Techno. Ich frage, was der letzte Punkt auf der Liste bedeutet, sie sagt: Berghain. Laut Karla der berühmteste Elektro- und Technoschuppen der Welt und, auch wenn er mittlerweile Mainstream sei, immer noch einen Besuch wert. Sie fragt, wie Lack, Leder, Plastik, Drogen und Sex für mich klingen würden. Berghain, wir kommen!

13. September

Unser erster Superhelden-Ausflug in die Öffentlichkeit war ein voller Erfolg. Menschentrauben bildeten sich, Fotos wurden geschossen, Filmchen gedreht, und ins Gespräch mit den Bürgern kamen wir auch. Mein Captain war sehr zufrieden, und wenn mein Captain zufrieden ist, bin ich es auch.

14. September

Kürbisausstellung in der Markthalle besucht. Wahnsinnig gut organisiert.

15. September

Heute Berghain-Training mit Karla: »Entweder er lässt dich rein oder nicht. Wenn er mit dem Kopf schüttelt, hast du verloren. Frag bitte auf keinen Fall nach, warum nicht, und sag auch nicht, dass du sonst immer reinkommst. Es ist völlig sinnlos und grenzenlos peinlich. Wenn er dir eine Frage stellt, ist er unsicher, ob er dich reinlassen will oder nicht. Das ist deine Chance. Er fragt dich vielleicht, woher du kommst, ob du schon mal da warst oder ob du weißt, wer heute auflegt. Antworte kurz und knapp, sei souverän, nicht unfreundlich oder arrogant, du willst einfach nur eine gute Zeit verbringen, nichts weiter, alles easy. Denk immer daran: Es gibt nichts Uncooleres, als cool zu sein. Solltest du es nicht schaffen, treffen wir uns um 15 Uhr in Clärchens Ballhaus zum Tanztee, ich komme direkt dorthin.«

16. September

Wir sind Titel! Die heimische Presse geht steil! Überschrift: Unsere Superhelden! Mehr geht nicht.

17. September

Wieder Berghain-Training. Werde das Gefühl nicht los, dass Karla mich für einen Hinterwäldler hält. Aber ich habe mich in der Szene schlaugemacht. Die Musik ist fürchterlich, es bummbummt sehr viel, und es gibt kein einziges Gitarrensolo, nirgends. Techno-Discobesucher aber sehen toll aus, sehr extravagant. Ich habe mich mit ihrem Style, ihrer Sprache und ihren Insignien beschäftigt. Ich weiß, was zu sagen ist, ich weiß, wie ich mich verhalten muss, um reinzukommen, ich werde da meine natürliche Lässigkeit ins Spiel bringen, null Problemo.

18. September

Wir haben Fanpost bekommen! Unsere erste!

»Finde euch nicht schlecht. Mit freundlichen Grüßen, Tüte Torpedo, Auszubildende zur Gehirnerschütterungsmigränesuperheldin. PS: 2. Lehrjahr.«

19. September

Berlin! Was für eine Stadt! So viel Leben! So viel Kultur! Und so viele Touristen! Wir waren im Museum und im Café und im Café und im Café, abends waren wir noch im Theater, auch sehr schön, dort haben Schauspieler geschrien, ich weiß nicht mehr, warum, aber die Leute haben geklatscht, ich dann auch, zum Abschluss noch in eine geheime Bar, ich Fruchtcocktail, Karla eine *Lucy in the Sky with Diamonds*, eine *Peppermint Patty* und eine *Rosa Luxemburg*, danach Sprachstörungen, es war wunderbar. Morgen dann Berghain.

20. September

Der Türsteher sieht supergefährlich aus. Er schaut mich mit seinen supergefährlichen, blauen Augen an, als wolle er mich röntgen, er wartet auf einen schiefen Blick, eine falsche Bewegung, ein dummes Wort, doch da kann er lange warten, ich bin vorbereitet, ich weiß, wie der Hase läuft, und so sage ich: »Hyper, hyper, how much ist the fish?« – »Wie bitte?« – »Hyper, hyper, how much ist the fish?« – »Nicht wahr, oder?«

Karla schlägt die Hände vors Gesicht, ich weiß nicht, was das bedeutet. Gut gemacht? Der supergefährliche Türsteher schaut Karla an, dann mich, dann sagt er: »Du ja, du nein.« Die Redewendung *Ihr fallen die Augen aus dem Kopf* war mir sinnbildlich nie geheuer, bis ich Karla zum ersten Mal so gesehen habe. »Was soll das heißen«, fragt sie, »er ja, ich nicht?« Der supergefährliche Türsteher hebt die linke Augenbraue etwas höher, was ihn mindestens doppelt so supergefährlich aussehen lässt. Die Frage beantwortet er nicht. »Nee, keine Chance«, sagt Karla und stemmt die Hände in ihre Hüften, »ich will wissen, warum ich nicht reinkomme, ich komme hier immer rein, das kann nicht sein, ich bin cool, jung, supersexy und angezogen wie Kate Moss in ihren besten Zeiten, ich habe superniedliche Dreadlocks und bin fantastisch tätowiert, hier zum Beispiel, schau auf meinen Unterarm, links unten, das ist Walter Spahrbier, wegen dem wollte ich Postbotin werden, ich erfülle jedes scheiß Kriterium, um hier reinzukommen!« Der supergefährliche Türsteher lässt eine quälend lange Zeit nur seinen eiskalten Blick für sich sprechen, dann jedoch versucht er sich unglücklich an einem Lächeln und sagt: »Nun gut, weil heute Weihnachten ist: Du siehst aus wie eine vegane Kleinstadtrebellin, die sich für die große Stadt fein gemacht hat und den Partytourismus natürlich total scheiße findet.« – »Ach, und der dicke Mittvierziger im Muschipulli?!«

Meint sie mich damit?

»Sieht aus wie ein Außerirdischer, ist cool, kann rein.« – »Nicht dein Ernst.« – »Humor ist für mich eine Fremdsprache, wenn du dann bitte Platz machen könntest.«

Die Zeit des Abschieds ist gekommen, ich schaue Karla wehmütig in die Augen, möchte sie umarmen, spüre aber leichte Spannungen, und so belasse ich es mit den Worten des Trostes: »Sei nicht traurig, kleine Ballerina, um 15 Uhr schon werden wir uns wiedersehen, beim Tanztee in Clärchens Ballhaus. Ich zähle die Stunden.«

21. September

Wieder mal einen Movie-Abend mit Torben gemacht. Schön war's. Werde noch Cineast.

22. September

Heute ist wieder Spaß angesagt. Mit Chicago. Wasserski. Fühle mich nicht so gut. Glaube, dass Wasser nicht mein Element ist, nicht in diesem Körper.

Die Wasserskianlage ist riesig, mit eigenem Restaurant, Liegewiesen, Sandstränden und automatisierten Zuganlagen, die auf fünf Bahnen keine Wünsche offenlassen. Sie ist eine der zwei Attraktionen dieser Stadt. Ich zwänge mich in einen Neoprenanzug und fühle mich beengt. Sicherheitshalber ziehe ich noch eine Schwimmweste und einen Helm an. Ich sehe fantastisch aus.

Als wir die Startrampe betreten, möchte ich schwanger sein. Dann könnte ich Wehen bekommen und nach Hause gehen. Mein plötzlicher Heißhunger nach eingelegten Gurken irritiert mich.

Chicago legt vor. Er lässt sich von der Seilbahn ziehen und schwebt förmlich über das Wasser, er dreht sich in voller Fahrt, springt über Schanzen und vollführt atemberaubende Schrauben und Salti. Sieht kinderleicht aus. Ich weiß gar nicht, warum ich mir solche Sorgen gemacht habe.

23. September

Ich werde als First Mover in die Geschichte des Wasserskis eingehen, als Pionier, der sich dank tausend glücklicher Zufälle mit seinem rechten Fuß im Zugseil verheddert, zweihundert Meter weit mitgezogen wird, über Rampen, die nicht mit dem Bauch zu befahren sind – ein No-Go, für das es noch nicht einmal Warnhinweistafeln gibt – und die trotz des Neoprenanzugs Spuren hinterlassen, die noch für Wochen den Körper mit atemberaubenden Schmerzen verwöhnen werden. Ein Augenschmaus muss auch das Finale meines wilden Ritts gewesen sein – ich selbst kann diese Aussage nicht verifizieren, da ich für einen kurzen Moment das Bewusstsein verlor –, als nach einem doppelten Salto das letzte Aufklatschen auf dem Wasser sich angehört haben soll, als sein ein Blauwal vom Himmel gefallen.

24. September

Schaue mir eine sogenannte Elefantenrunde im Fernseher an. Die Elefantin, die am schönsten Herzchen machen kann, hat wieder gewonnen. Sie ist die Herrscherin über alle Einwohner, sie sieht lustig aus, ist eine modische Diaspora, heißt Mutti, und ich bin gespannt, wie die künstliche Intelligenz in zwanzig Jahren dazu Stellung nehmen wird.

25. September

Iron Jörg hat sich die als leichte Kritik missinterpretierbare Bemerkung unseres Captains, er könne ruhig auch einmal einen kreativen Beitrag leisten, offensichtlich zu Herzen genommen und ihm die Meinung gesagt: »Wenn man Sachbearbeiter einstellt, muss man sich nicht wundern, wenn Sachbearbeitung herauskommt! Wenn Sie einen Zauberer wollen, müssen Sie beim Varieté nachfragen!« Allerdings war der Captain da schon längst außer Haus, Wonder Yvonne auch, und so waren nur Heinzerhardt und ich Zeugen dieser kraftvollen Replik.

26. September

Ausflug nach Kleve. Und wieder zurück.

27. September

Karla fragt, ob ich morgen mit auf ein Konzert in den *Salon des Amateurs* wolle. Ich frage, wer spielt. Sie sagt *Nymphomanin der Herzen* und als Spezialgast *Ich hasse dich.* Och nö, denke ich, wird wieder so Schubidu, und so sage ich: »Du, supergerne, aber morgen ist leider ganz schlecht, da zaubert Klaus Kaninchen aus dem Zylinder, da kann ich unmöglich fehlen.« Sie sagt, sie wünsche mir Heuschnupfen.

28. September

Iron Jörg hat Geburtstag, und wir haben zusammengelegt. Eine Flasche Fernet Branca und ein Auto-Quartett mit Supertrümpfen. Den Fernet Branca hat er nach Dienstschluss fast im Alleingang geleert und mir anvertraut, dass er die Melonen von Wonder Yvonne vergöttert.

29. September

Habe eine Nebelmaschine bei Conrad Electronic bestellt. Erst wusste ich gar nicht, warum, dann fiel mir zum Glück ein, dass es nicht verkehrt sein kann, eine Nebelmaschine im Haus zu haben, falls man mal Nebel braucht.

30. September

Mein Terminkalender explodiert. Gleich geht es mit Torben nach München. Städtetrip. Er hat bei der Firmentombola einen Flug und eine Übernachtung für zwei gewonnen. Und wen nimmt er da mit? Seinen besten Freund. Bin gespannt.

1. Oktober

Oh, München! Welch Häuser, welch Kirchen, welch Schlösser, welch Pinakotheken! Was für eine schöne Stadt. Alleine im Schloss Nymphenburg hätte ich eine ganze Woche verweilen können. Diese Ornamente, Wandkacheln, Gemälde, Brunnen, Kanäle, Fontänen, Kaskaden und dieser märchenhafte Park, ach, herrje.

Dann ging es auf die Wiesn.

Menschen. Ein Meer. Torben hatte den Schottenhamel ausgesucht, eines der vielen Festzelte, und auch hier Menschen über Menschen über Menschen. Die Frauen sahen aus wie Schauspielerinnen aus *Dirndl Dörthe und die Blockflöte Heiner*, die Männer wahlweise wie ein Frisurenmodel aus einer Frisurenbeispielbroschüre oder wie der Metzger des Monats April. Hübsch anzuschauen allemal. Sorgen indes bereitete mir ihr körperlicher und geistiger Zustand. Die Gesichter rot, die Haut glänzend, die Augen feucht, die Motorik grob. Das Nervengift Alkohol hatte ganze Arbeit geleistet und aus den Gehirnen kleine, in Wurstwasser dümpelnde Matschklumpen gemacht, kein Wunder, die Biergläser waren fünfmal so groß wie die heimischen und wurden pausenlos von sehr, sehr starken Frauen auf die Tische gescheppert. Als die Kapelle einen mir bis dorthin unbekannten Hit intonierte, schwappte die Fröhlichkeit über alle Grenzen, und es sang das Volk nicht so schön, sondern so laut es eben konnte in einer mir völlig unbekannten Fremdsprache, die der tierischen Lautmalerei am nächsten kommt: Hodi odi oh di ho di eh ... Hulapalu ... Hodi odi oh di ho di eh.

2. Oktober

Heute ist meine Nebelmaschine eingetroffen. Endlich. Machte den ganzen Tag Nebel!

3. Oktober

Iron Jörg fragt, ob ich ihn mal besuchen wolle. Frau und Tochter seien im Sauerland bei Verwandten, er habe sturmfreie Bude. Freitag? Warum nicht, sage ich und frage, was wir machen wollen. Ich soll mich überraschen lassen. Das klingt nicht so gut.

4. Oktober

Iron Jörg wohnt in einem Einfamilienhaus, das aussieht wie ein Einfamilienhaus. Ich schaue auf den Boden. Der Fußabtreter ist grün. Die Klingel laut. Die Begrüßung überschwänglich. Nach einer kleinen Führung durch das traute Heim, mit sehr schöner Essecke von Schaffrath und einem Wasserkocher mit »stylisher Temperaturanzeige« von Russell Hobbs geht es in den Keller.

Sexualtriebtätermörder und Rosenkohl.

Ist die Antwort auf die Frage, was mir als Erstes durch den Kopf geht. Doch als Iron Jörg die Kellertür öffnet, steht dort eine »Carrera-Bahn, vierspurig, fünf Fly-overs, drei Loopings, zwei Wippen, auf 22 Meter Gesamtlänge erweitert, inklusive Boxengasse, Boxenluder, Streckenposten, Tribüne, Anzeigentafel, 18 fahrbereite Modelle zur freien Auswahl, Aston Martin, Lamborghini, Porsche, alles, was das Herz begehrt, zwölf Jahre Leidenschaft, zwölf Jahre Blut, Schweiß und Tränen.« Iron Jörg steht vor seinem Lebenswerk, nickt nachdenklich, öffnet zwei Fläschchen *Dreh und Trink*, Geschmacksrichtung *Walter Waldbeere* und sagt: »Stößchen.«

5. Oktober

Whoa! Yakuza ist aus dem Häuschen! Oder aus der Garage? Ich weiß nicht mehr genau, wie das Sprichwort geht, aber so aufgeregt habe ich ihn noch nicht erlebt. Linus von

Bronckhorst, die neue Edelfeder der *Zeit*, Charmeur, Flaneur, Connaisseur, kommt zu einer Podiumsdiskussion nach LA, um über den Undergroundrap in deutschen Kleinstädten zu diskutieren. Und das Beste ist, dass Yakuza gemeinsam mit Dr. Maria Mertens von der Gleichstellung als Diskussionspartner eingeladen wurde. Auf einer Bühne mit Linus von Bronckhorst! Yakuza ist ein Riesenfan, da die *Zeit*, wie er sagt, nach Jahren der Dürre endlich wieder jemanden hat, der mit Sprache zu spielen versteht. Bin gespannt.

6. Oktober

Stürmte die Praxis von Dr. Kreuzmann. Es war ein Notfall. Doch Anika, die Sprechstundenhilfe, meinte, ich solle im Wartezimmer Platz nehmen, da ein Gerstenkorn nicht lebensgefährlich sei. Unfassbar.

7. Oktober

Klaus hat Geburtstag! Er macht einen kleinen Umtrunk. Es gibt Bienenstich und heiße Schokolade mit einem Schuss Jamaika-Rum. Stulle, Kröte und Wampe sind auch am Start. Kollegen aus der Firma. Der jüngste der Gruppe ist Stulle, 24 Jahre, Kälteanlagenbauer, mit dem ich kurz aneinandergerate, weil er aus einer mir unerklärlichen Laune heraus behauptet, dass *Hammer of Destruction* Sacred Steels bestes Album sei. Wie man ein Tygers-of-Pan-Tang-T-Shirt tragen und trotzdem so wenig Ahnung von der Materie haben kann, ist mir ein Rätsel.

8. Oktober

Muss sagen, dass Linus von Bronckhorst einiges hermacht, groß gewachsen, schlank, graue lange Haare zu einem Dutt gewirbelt, Siebentagebart, hellblaue Augen, eng anliegender Maßanzug, schwarzer Pullover aus dem Unterfell glücklicher Kaschmirziegen und feinstes Schuhwerk aus italienischer Traditionsmanufaktur. Bellissimo! Die Diskussion allerdings plätschert so dahin, Yakuza kommt kaum zu Wort, und auch Dr. Maria Mertens ist kaum mehr als eine Stichwortgeberin für den Star der Veranstaltung. Nur selten horche ich auf, zu wenig Gangbang, zu viel Lummerland. Erst zum Ende hin kommt noch mal ein klein wenig Fahrt auf. »Aber warum«, fragt Dr. Maria Mertens, »wollen Rapper immer anderer Leute Mütter penetrieren?« – »Chapeau!«, setzt Linus verführerisch an, »ich muss sagen, dass ist eine gute Frage, wirklich, eine sehr gute Frage, meine Liebe, wenngleich sie ruhig *Ficken* hätten sagen können. Ich möchte einen Versuch wagen, eine Annäherung, ein Wagnis, natürlich, aber ein, wie ich hoffe, lohnendes Unterfangen: Die Mutter steht für das System, das fremde, feindliche, unerreichbare, und die dysfunktionale Asozialität der Beleidigung als Geste des Kampfes ist nur die Ohnmacht der Zurückgelassenen am Steg der letzten Hoffnung. Das Traumschiff hat ohne sie abgelegt, die Wut ist ein Protest, in dem das performative Selbst sich widerspiegelt. In all seiner Lyrizität ist das eine authentische, ich möchte sagen kausale Versinnbildlichung des erfrierenden Ichs. Durch die Unvernunft der Entmächtigten hat sich das Tatsächliche und Nichtwiederzuerkennende als Wahrheit manifestiert, die in der Rückwärtigung als Spiegel und nicht als Momentum die frontale Behausung des Gesagten hermeneutisch indifferenter Seinheit korrumpiert und das Diesbezügliche der Istigkeit auf geradezu revolutionäre Art und Weise echauffiert. Der moderne Reimmeister übernimmt heute die Funktion, die anno dazumal der gemeine Schriftsteller innehatte, er ist das Sprachrohr der Sprachlosen im Sperrgebiet des Intimen. Das versteht nicht jeder sogleich, da ist man schnell ein Außenseiter, ich kenne dieses Gefühl, es erinnert mich an meine eigenen musikalischen Gehversuche mit meinem Trio Infernale, wie man uns nannte, mit Maxim an den Schlagwerken, der Lorelei an der Posaune und meiner Wenigkeit an den Keyboards, Richtung Thelonious Monk, nur experimenteller. Auch uns hat nicht jeder sogleich verstanden, wir kommunizierten musikalisch in einer Fremdsprache, wir waren regelrechte Outsider, Verbrecher, Verräter! Unsere Songs hießen: *Ellipse epileptisch*, *Der hypnotische Imperativ* oder, um unseren kleinen Hit nicht zu unterschlagen: *Tertium non datur*, eine gewagte, eine kontroverse Freejazznummer, die hier und da für ein nicht unbeträchtliches Aufsehen gesorgt hat, im *Donnerlüttchen* hätte man uns fast von der Bühne gejagt, weil wir die Konventionen brachen, weil wir so unangepasst waren, aber so ergeht es wohl allen Erneuerern, und hätte uns der berühmte Lyriker Lars Rotarm sonst mit dem Gedicht *Die Tausendsassas* verewigt, ich wage das zu bezweifeln, ich wage das zu bezweifeln!«

Ich auch! Ich habe zwar den Faden verloren, aber es klang toll!

9. Oktober

Burn-out.

10. Oktober

Ganz, ganz schlechte Stimmung im Büro. Laut Captain LA plant Monheim die landesweit ersten selbstfahrenden Mini-Busse zu testen, und zu allem Überfluss will man eine neue Kulturfabrik mit Veranstaltungen für bis zu 4000 Zuschauern bauen. »Und was passiert hier?«, fragt unser Captain rein rhetorisch in die Runde hinein.

Betretenes Schweigen.

»Nun ja«, meldet sich Iron Jörg überraschend zu Wort, »nächsten Monat lädt der CDU-Ortsverband Mitte zum

18. Bratapfelmarkt in die Stadthalle ein. Es soll selbst gemachte Liköre, Kerzen, Seifen, Schmuck und Schwibbögen geben. Und sogar ein Karussell soll sich meinem Vernehmen nach auf dem Stadthallenvorplatz drehen.«

11. Oktober

Chicago möchte mit Detlev Libanon und Aische Katholisch eine Supergroup gründen. Yakuza ist skeptisch.

12. Oktober

Frage Karla, ob wir mal die Hochkultur in der Landeshauptstadt aufsuchen wollen, es dürstet. »Wohin?«, fragt sie. »Literatur tot, Oper auf der Palliativ und Theater im Bällchenparadies. Wem willst du da Blumen mitbringen, wen willst du da besuchen?« – »Alle!«

13. Oktober

Lasse nicht locker. Da ich weiß, dass Karla als Kind immer mit ihren Eltern in die Oper musste und ihre Eltern bis zum heutigen Tag ein Opern-Abo ihr Eigen nennen, und da mir die Oper neuerdings am Herzen liegt, frage ich Karla, ob wir mal zusammen in die Oper gehen wollen. »Nein!«

14. Oktober

Frage Karla, ob wir mal zusammen in die Oper … »Nein!«

15. Oktober

Frage Karla, ob … »Nein!«

16. Oktober

Zauberflöte! Whoooa! Hochkultur! Karla konnte meiner Hartnäckigkeit nichts mehr entgegensetzen. Kapitulation.

17. Oktober

Absage von Detlev Libanon und Aische Katholisch. Die beiden haben sich schon zu einem Duo formiert und gehen jetzt in Richtung Romance Rap, sie haben sogar schon ein erstes Album produziert.

18. Oktober

In Hamids Büdchen ist die Hölle los. Er hat sein Sortiment erweitert. Mit türkischem Champagner. Antalya Gold, die Flasche zu 26 Euro. Alkoholfrei, prickelnd, honigsüß, halal. Es gebe, sagt Hamid, unter seiner türkischen und arabischen Kundschaft nicht wenige, die es mittlerweile zu einem gewissen Wohlstand gebracht haben und die es schon immer bedauert haben, nicht in Champagner baden zu können. Diese harten Zeiten sind nun vorbei!

19. Oktober

Vorbereitung auf die Oper. Lasse mich von Karla in den Geheimnissen der Eingeweihten unterweisen. Ich: »Warum heißt Oper eigentlich Hochkultur?« Karla: »Weil sie anspruchsvoller ist.« – »Aha. Also ich habe jetzt mal alle Operntexte durchgelesen.« – »Alle?« – »Ja, natürlich.« – »Und?« – »Nun ja, also inhaltlich erinnert es mich bisweilen an Romantikheftchen wie *Fürstenträume*, *Heimatglocken* oder *Toni, der Hüttenwirt*.« – »Bitte?« – »Nehmen wir zum Beispiel Madame Butterfly. Amerikanischer Soldat zeugt mit japanischer Geisha ein Kind, verlässt sie, kehrt zurück nach Amerika, heiratet dort erneut, kehrt wieder nach Japan zurück, um das Kind zu holen, Geisha bringt sich mit dem Messer ihres Papis um. Klassisch, tragisch-romantisches Sujet. Oder nehmen wir das Stück, das wir uns anschauen. Prinz Tamino mit Zauberflöte und Vogelfreund Papageno mit Glockenspiel machen sich auf den Weg, um die entführte Prinzessin Pamina zu retten, schaffen sie auch, alle happy, voll schön, aber ist jetzt inhaltlich ganz nah bei *Fürstenkrone 72: Der Prinz und die schöne Gärtnerin.*« – »Gewagte Analogie«, sagt Karla, »es geht aber auch durchaus um die Musik.« – »Aha. Die spielen nach, oder?« – »Bitte?« – »Die Musik ist von Mozart. Tot, nicht wahr?« – »Ja, schon seit ein paar Tagen.« – »Also sind sie so etwas wie eine Coverband. Im Heavy Metal werden Coverbands nicht so hoch angesehen, in der Hochkultur schon?« – »Es geht vor allem um die Interpretation.« – »Des Stücks?« – »Ja.« – »Aber die spielen doch von einem Notenblatt ab, da ist doch alles ziemlich genau vorgeschrieben, und ab und an schauen sie mal zu einem zauseligen Mann hinauf, der fuchsteufelswild mit zwei Stöckchen fuchtelt.« – »Willow?« – »Ja?« – »Komm mal klar.« Ich komme mal klar und bin supi aufgeregt. Oper, ich liebe dich schon jetzt!

20. Oktober

Iron Jörg macht heute einen ungewöhnlich niedergeschlagenen Eindruck. Er will noch nicht mal seinen Bleistift anspitzen, geschweige denn ein wenig exceln. Ich frage ihn, was los sei, er antwortet kryptisch: »Leben, Willow, Leben ist wie Schneemann.«

21. Oktober

Das City-Center in Köln-Chorweiler hat angerufen! Sie wollen das Einkaufserlebnis in ihrer Mall durch ungewöhnliche Aktionen zusätzlich bereichern. Karim Üctas, der Marketing-Manager des City-Centers, hat das Video von Mahlzeit Schmidt auf YouTube gesehen und ist total begeistert. Das sei genau die richtige Musik für ihr Publikum, authentisch, rau, nahbar, und genau aus diesem Grund wolle er Chicago und Yakuza für einen Auftritt buchen. Sei ihm eine Ehre. Und jetzt kommt's: Es soll eine richtige Tour durch das City-Center werden! Mit fünf Stationen. Jeweils zehnminütige Sets vor Bijou Brigitte, Köttgen Hörakustik, Deichmann, Matratzen Direct und Nanu-Nana. Die erste richtige Tour! Die Gage kann sich auch sehen lassen. 75 Euro pro Rapper, allerdings habe ich Verhandlungsfuchs noch zwei Mittagsgerichte bei Thang Long Asia-Food und einen zwanzigprozentigen Gutschein bei Pink Apple, die »trendige Mode für die stilbewusste junge Frau« anbieten, rausschlagen können. Yakuza hat Sicherheitsbedenken. Ich frage ihn, was er damit meint. »Gegen Chorweiler«, sagt er, »sieht Garath wie ein Naherholungsgebiet aus. In Chorweiler gehen die Omas nicht mit ihren Dackeln spazieren, sondern die Dackel mit ihren Omas, und die Dackel heißen hier nicht Dackel, sondern Dobermann.« Chicago sieht das völlig anders und wird fuchsteufelswild, das seien alles nur Vorurteile, sagt er, sein Onkel wohne in Chorweiler, und er habe dort noch nie Omas mit Dobermännern spazieren sehen, Mastiffs,

Pitbulls, Kangals, ja, aber keine Dobermänner, nicht einen einzigen!

22. Oktober

MM fragt, ob ich mit zur Hochzeitsmesse in die Schützenhalle Richrath komme. Ich könne mir nichts Schöneres vorstellen, sage ich, leider, leider, leider zwinge mich ein Pferdekuss zur absoluten Bettruhe.

23. Oktober

Zwei Stunden vor dem Spiegel verbracht. Die Oper verlangt Eleganz. Entscheide mich für Apricot. Der Anzug sitzt nahezu maßgeschneidert.

24. Oktober

Detlev Libanon und Aische Katholisch gehen steil, wie wir Rapper so sagen. Gleich zwei Songs ihres ersten Albums sind in den Charts platziert: *Deine Liebe ist so geil* und *Muttertag ist cool*. Zu allem Überfluss gehen sie nächsten Monat mit Cro auf Tournee und sind sogar für den Integrationsbambi nominiert. Wahnsinn, wie schnell das manchmal gehen kann. Chicago ist in ein tiefes Loch gefallen und hat sich die Sinnfrage gestellt. Um ihn perspektivisch aufzumuntern, schlage ich ihm ein zweites Standbein vor, anderer Stil, anderer Name, mit dem man dann auch kommerzielle Erfolge im Mainstream feiern könne. Chicago nimmt einen tiefen Zug aus seiner Blubber, hustet ungesund und fragt, wie ich mir das so vorstelle, ob er vielleicht als Florida Silbermeise der Tim Bendzko des Romance Rap werden soll, weil auch er, Florida, kein Mensch, sondern eine Maschine sei. Ich schaue ihn mit großen Augen an und sage: »Das ist es!«

25. Oktober

Chicago möchte nicht Florida sein. Er könne den Hip-Hop nicht verraten, sagt er. Dann lieber Knuffmann. Bewundernswert, dieses Märtyrertum.

26. Oktober

Den ganzen Tag Wolken beim Vorüberziehen zugeschaut.

27. Oktober

Zu meinen Aufgaben zählt, alles auszuprobieren, alles zu empfinden, alles zu erleben, was in meiner kurzen Zeit auf Erden möglich ist. Also frage ich Torben, als wir gerade so gemütlich bei Sticherling sitzen und dem sensationellen Apfelkuchen frönen: »Hättest du was dagegen, wenn ich meinen Penis mal in deinen Anus stecke?« – »Was?!«

Was ist nicht so ganz die Reaktion, die ich erwartet hatte. Die hohe Tonlage und die aufgerissenen Augen verraten auch keine wahre Begeisterung, sie zeugen vielmehr von einer subtilen Reserviertheit, die Geister mit geringer Menschenkenntnis als offene Ablehnung interpretieren könnten. Vielleicht bin ich die Sache eine Idee zu forsch angegangen. »Wenn es dir lieber ist«, sage ich, »kannst du natürlich auch zuerst deinen Penis in meinen Anus stecken.«

28. Oktober

Frage Chicago, ob er es nicht mal mit Gangster Rap versuchen möchte, Muskeln und Tattoos sind vorhanden, nur bei den Texten müsste man ein wenig darauf achten, genügend Mütter zu ficken. Chicago wirft einen Tennisball gegen die Mauer, immer und immer wieder, dann hält er ihn fest und sagt: »Nee, lass mal, da müsste ich scheiß Klamotten tragen, scheiß Autos fahren, scheiße reden, scheiße von gestern sein und dann auch noch Jura studieren, nee echt, keinen Bock drauf.«

29. Oktober

Bisher kannte ich *Die Zauberflöte* nur als Kurzfilm für Erwachsene, jetzt kenne ich sie auch als Oper und muss sagen: nicht minder große Granate! Riesenfan! Großartig, wie die Schauspieler und Gesangstalente mit den Animationen interagiert haben, berauschend die Anleihen an den Stummfilm und den Steampunk, sogar Karla war hin und weg und sagte: »War okay.« Von der ein oder anderen Sängerin könnte sogar Bruce Dickinson noch etwas lernen. Wie überhaupt die Parallelen zwischen Metalsängern und Operndiven exorbitant sind. Beide singen in höchsten Tönen, lieben die große Geste und ertrinken im Pathos. Bellissimo!

30. Oktober

Werde das komische Gefühl nicht los, dass Torben mir momentan ein wenig aus dem Weg geht.

31. Oktober

Besprechung. Captain LA ist in Action-Laune. Die letzten Erfolge haben ihn ermutigt, abseits der betonierten Wege das ein oder andere Abenteuer zu suchen. »Wir haben in den letzten Wochen viele Statistiken ausgewertet und neue erstellt«, sagt er, »wir haben Berichte geschrieben und Broschüren entworfen, doch nun ist es mal wieder an der Zeit, etwas Verrücktes zu tun! Vorschläge?«

Iron Jörg meldet sich räuspernd zu Wort, ungewöhnlich, irritierend, mutig. »Ich denke, wir sollten Temporary Action machen und Urban Communication fördern«, sagt er. Wir schauen ihn mit großen Augen an, doch seltsamerweise mag niemand den ersten Stein werfen, und ich frage mich, warum nicht. Eitelkeit? Wonder Yvonne sagt: »Es müsste etwas sein, das uns mal wieder in die Schlagzeilen bringt. Wir brauchen etwas, das die Seele berührt.« Und dann schauen alle drei zu mir. Ich gelte mittlerweile als Messias, wenn es um neue Ideen geht. Ich lehne mich zurück, schaue in die Ferne und tippe mit dem Kugelschreiber auf den Schreibtisch. Dann reibe ich mir die Nase und sage: »Wie wäre es mit einer eigenen Hymne?«

1. November

Das City-Center begrüßt uns überschwänglich. Mit einer Delegation. Die Delegation heißt Penelope Schröder und ist Auszubildende im Bereich Marketing. »Mein Chef, der Herr Üctas«, sagt sie, »kann aufgrund anderweitiger Verpflichtungen leider nicht persönlich anwesend sein, lässt Sie aber ganz herzlich grüßen und sagt: ›Toi, toi, toi.‹« Ich stelle Penelope die beiden Künstler vor, doch Yakuza schaut die zierliche junge Frau nur verwundert an und fragt: »Du bist die Security?« – »Welche Security?«, fragt Penelope Schröder. Um zu vermitteln, erkläre ich, dass Yakuza Sorge vor Omas mit Dobermännern habe, die hier in Chorweiler wohl eine ernst zu nehmende Gefahr darstellen. Penelope schaut mich mit ihren großen, braunen Augen an, dann Yakuza, dann Chicago, und dann sagt sie: »Das wäre dann hier der erste Auftrittsort, vor Bijou Brigitte, da unten ist die Steckdose.«

Der Auftritt, den die beiden hinlegen, ist sensationell, doch das Publikum noch nicht so weit. Es ist in Eile. Es muss kaufen gehen. Hier und da ein flüchtiger Blick, selten, dass jemand stehen bleibt und sich kulturell verwöhnen lässt. Umsonst! Wohlgemerkt. Nicht einmal die Konfettikanone für 2,99 am Ende des Sets wird von einem Staunen belohnt. Vor Köttgen Hörakustik, Deichmann und Nanu-Nana zeichnet sich ein ähnliches Bild. Die Stimmung kellert, und so ist es an mir, dem Manager, wenigstens den letzten Spielort dieser Tour in ein Mekka der bedingungslosen Ekstase zu verwandeln. Vor der Parfümerie Douglas, meinem *Partner in Beauty*, sehe ich zwei junge Frauen Düfte testen. Ich pirsche mich an sie heran und sage: »Psst, ich bin Manager.« Die blondere der beiden Blonden schaut mich mit einer Mischung aus Langeweile und Arroganz an und sagt: »Nein, wir wollen nicht groß rauskommen und auch keine schönen Fotos von uns machen lassen, verpiss dich, Alter.« Ich bin irritiert. Für wen halten die mich? Sehe ich in Klausis Trainingsanzug aus Armeezeiten und MMs rosa Sonnenkappe aus Bad Kissingen nicht wie ein Hip-Hop-Mogul aus? Ich denke nicht weiter darüber nach und flüstere: »Seht ihr die beiden Rapper dort, die vor dem Matratzenmarkt gerade ihren Ghettoblaster aufbauen? Die sind verkleidet und brutal geschminkt, das sind eigentlich Rin und Haftbefehl, topsecret.« Die beiden Frauen beachten mich nicht weiter und tippen auf ihre Handys ein. Ich gehe noch kurz zu Evertzberg und ordere eine Mohnschnecke und einen Cappuccino zum Mitnehmen, als ich beinahe überrannt werde von einer Horde Jugendlicher, die alle in Richtung Matratzen Direct stürmen. Was dann passiert, ist für die Geschichtsbücher.

2. November

Rechnung von Karim Üctas, City-Center Köln-Chorweiler. Grund: Matratzenschlacht. Hohe Rechnung. Sehr hohe Rechnung. Da kann er aber lange warten. Sind wir für das Publikum des City-Centers verantwortlich? Nein, sind wir nicht. Sind wir dafür verantwortlich, dass sie die Zeit ihres Lebens hatten? Ja, sind wir. Sind wir für den sympathischen Vandalismus als Zeichen ihrer unbändigen Freude verantwortlich, dafür, dass eine kleine Gruppe der über hundert Jugendlichen die charmante Idee besaß, mit einem Messer das Innenleben aus all den Matratzen, Decken und Kissen zu befreien und in hohem Bogen über die Künstler und Teile des Publikums zu werfen, dafür, dass das Wort Tabu an jenem denkwürdigen Tag tabu war? Nein, sind wir nicht!

3. November

Chicago ist dabei! Eine Hymne für die Stadt zu schreiben sei ihm eine Ehre. Ich erkläre, worauf es ankommt, dass es nicht ganz so verkopft sein darf wie bei Chicago + Yakuza, dass keine Mütter gefickt werden dürfen, dass Heimat und Zukunft wichtig sind, dass es gleichzeitig aber auch nicht anbiedernd bieder sein dürfe. Er sagt: »Morgen steht das Ding.«

4. November

Wahnsinn! Chicago hat Wort gehalten. Sensationelle Hymne. Hier und da eine Kleinigkeit am Text verändert, ansonsten: erste Sahne Götterfunken.

5. November

Frage Karla, ob sie auch von dieser Studie gehört habe, dass zwanzig Prozent aller Viertklässler in diesem Land nicht richtig lesen können. Karla zuckt nur mit den Achseln und sagt: »Früher hatten wir Mann, heute haben wir Kehlmann, vielleicht ist es besser so.«

6. November

Der große Tag ist gekommen. Chicago hat seinen feinsten Ausgehblouson an, adidas 1982. Er steht mitten im Büro, die Boombox neben ihm. Vor ihm der TTLA. Ein anspruchsvolles Publikum, ich kann ein Lied davon singen. Bin nervös. Doch mein Schützling zeigt sich unbeeindruckt und gibt den Charmeur alter Schule: »Ladies and Gents, Kings and Queens, habe die Ehre, heute hier zu sein und die neue LA-Hymne präsentieren zu dürfen. Vom Flow her geht das in Richtung Post Malone und Lil Peep, Gott hab ihn selig, vom Groove würde ich sagen, der frühe Kendrick. Bitte eskalieren Sie.«

Chicago drückt superprofessionell die Playtaste des Ghettoblasters, es erklingt ein satter Beat und ein hübsches Plingpling, er nimmt das Mikrofon in die Hand, nickt mit dem Kopf zum Takt und rappt:

LA, du heiße Braut, gehst ab wie geiles Kraut,
du bist die Crème de la Crème, Schlemmermeilen
Fame,
Hier bin ich Mensch, hier bin ich Heimat,
cruise cool auf meinem Dreirad,
bombe meine Hood, bombe meine Hood, bombe meine
Hood,
mit Konfetti, hier ist alles paletti,
Hier hilft der Homie der Omi, die Esme dem
Heinz,
LA du bist die Geilste, du bist Future Nummer eins

SAMPLE: Rock you like a Hurricane!

»Mega«, sage ich, »mega, wenn nicht gar golden.« Ich schaue zu Captain LA, der ein Pokerface aufsetzt. Der Captain dreht sich zu Iron Jörg um und fragt: »Herr Kapielski, Ihre Meinung?«

Iron Jörg verschränkt die Arme vor dem Bauch, hebt die Augenbrauen an und leckt sich kaum wahrnehmbar über die Lippen. Dann sagt er: »Also ich finde gut, dass da jetzt zweimal das Wort geil vorkommt, man hätte jetzt auch großartig nehmen können, aber das finde ich ja gerade so großartig, dass man kein großartig, sondern geil genommen hat, weil das viel moderner klingt und auch zeigt, dass wir im 21. Jahrhundert angekommen sind, dass wir hier nicht immer nur alles so überkorrekt sehen, sondern auch eine gewisse Lockerheit an den Tag legen und dass wir uns jetzt auch nicht vor Vergleichen mit München, Berlin oder Hamburg scheuen müssen.«

»Na, na, na«, sagt Captain LA, »wir wollen ja hier nicht gleich größenwahnsinnig werden, aber schön gesagt, Herr Kapielski, schön gesagt. Frau Gründgens?«

Wonder Yvonne hat den Mund noch voller Konfikekse und tut so, als müsse sie nachdenken, dabei schindet sie nur Zeit, um zu schlucken. Nach einem halben Glas Cola auf ex sagt sie: »Also, wenn ich mal ganz ehrlich zu mir selbst sein darf, dann bin ich da emotional abgeholt worden, wie das so schön heißt. Ich hätte nicht gedacht, dass eine Songzeile mich mal so mitnehmen könnte, aber bei dem Homie und der Omi, da hatte ich Tränen in den Augen, ganz ehrlich.«

Alle starren auf Captain LA, wenn es ihm nicht gefällt, kann man es gleich vergessen. »Vielen Dank, Frau Gründgens, auch für ihre Offenheit, mit den Emotionen, das ist schon toll. Und auch ich muss sagen, Herr Hurensohn, Chapeau. Wie Sie da Heimat, Hilfsbereitschaft und Zukunft in so wenigen Zeilen miteinander verbunden haben, Chapeau. Ich muss zugeben, das ist nicht ganz meine Baustelle, diese Rapmusik, aber um mich geht es hier ja nicht, es geht hier um den Aufbruch in eine neue Zeit, und ich finde, das hat einen ganz frischen Drive, etwas Dringliches, würde ich meinen, und auch vom Rhythmus her, muss ich sagen, toll, ich habe das erst gar nicht bemerkt, wie mein rechter Fuß völlig automatisch im Takt mitgewippt hat. Ich werde mich jedenfalls in den entsprechenden Ausschüssen für den Song einsetzen, und wer weiß, vielleicht wird das die Hymne unserer Stadt, vielleicht wird das ein richtig schöner Erfolg.«

7. November

Fahre mit Karla zur Königsallee, weil sie verwackelte Grusel-Videos für eine Ausstellung braucht, Thema: *Shop Zombie shop*. Und da wir gerade in der Gegend sind, kaufe ich Heinzerhardt eine Decke mit Fotomotiv: Kaiserin Sissi hoch zu Ross auf einem grünen Hügel.

8. November

Die Physik auf diesem Planeten wirft Fragen auf. Decke mich in der niedlichen Bücherecke mit Fachliteratur ein, muss jedoch meine durchschnittliche, menschliche Intelligenz kurzfristig um zwanzig Prozent erhöhen, um der Materie folgen zu können. Quantenphysik, Thermodynamik, Relativitätstheorie, Kern- und Teilchenphysik schön und gut, aber zur Ontologie der Quantenfeldtheorie habe ich einige Anmerkungen an die Bundeskanzlerin geschickt. Herzchen.

9. November

Heute startet die Karamba-Woche in Hamids Büdchen. Motto: Vergessene Legenden. Knüller des Tages: zehn Nappo Minis für einen Euro! Bin dabei!

10. November

War heute bei Spiegel Online zu Besuch, um mich über die wichtigsten Ereignisse in diesem Land auf dem Laufenden zu halten. Darf ich Karla nicht erzählen, die meint, dass die Seite nur etwas für traumatisierte und nach Entjungferung gierende Maschinenbaustudenten sei, die sich von Kleindenkern mit Hahnenkämmen die Welt erklären lassen. Finde ich allerdings gar nicht. Habe hochinteressante Artikel gelesen. Panorama: »Playboy zeigt das erste Transgenderplaymate«, Netzwelt: »Google schmeißt Cupcakes aus der Maps-App«, Meinung: »Weg mit den Pimmelwitzen!«, Kultur: »Pfft-pfft to go – Magazin von Daniela Katzenberger«, Sport: »Zahn von NHL-Profi bleibt in Unterlippe stecken«, Gesundheit: »Katharina Saalfrank antwortet: Wieso nimmt der Große dem Kleinen das Spielzeug weg?«, Politik: »Donald Trump hat Probleme beim Händeschütteln«, Daily: »Welches Emoji fällt Ihnen zu Chantal aus ›Fack Ju Göhte‹ ein?«, Wissenschaft: »Schon Babys regen sich über Spinnen auf«, Wirtschaft: »Philipp Lahm investiert in Müsli«, bento: »Dr. Dreier: Ein Typ hat in Gruppensex promoviert.« Ich weiß gar nicht, was Karla hat, ich fühle mich fantastisch informiert.

11. November

Noch keine Nachricht von der Bundeskanzlerin.

12. November

Hamids Knaller des Tages: zehn Schleckmuscheln für zwei Euro! Oder Heinerle Liebesperlen im Babyfläschchen für 99 Cent!

13. November

Die Gleichstellung schrieb unserem Captain in Sachen LA-Hymne: »Lieber Dr. Martin Winterschrot, mit gemischten Gefühlen haben wir die – angedachte – neue Hymne unserer Stadt aufgenommen beziehungsweise aufnehmen müssen. Zunächst einmal möchte ich lobend erwähnen, dass LA weiblich ist. Aber ›du heiße Braut‹ und ›du bist die Geilste‹ zeigt einmal mehr, welches Bild von einer modernen Frau in so manchen Köpfen offensichtlich noch für Verwirrung sorgt. Nun wollen wir hier aber keineswegs die Spaßverderberinnen sein, und auch die ein oder andere freche Zeile finden wir durchaus erfrischend. Unser Vorschlag wäre: anstatt ›du heiße Braut‹ ›du starke Frau‹ und anstatt ›du bist die Geilste‹ ›du bist die Klügste‹, dann gäbe es auch von unserer Seite ein ›Daumen hoch‹ und ein Go!«

14. November

Unser Captain antwortete wie folgt: »Hochverehrte Kollegin, liebe Dr. Maria Mertens, mit großem Interesse habe ich Ihre Meinung zu unserer LA-Hymne zur Kenntnis genommen. Ich möchte mich an dieser Stelle ganz ausdrücklich für Ihre konstruktive Anteilnahme an unserer Arbeit bedanken. Das ist ja nicht mehr selbstverständlich heutzutage, und es zeigt einmal mehr, welch großes Engagement die Abteilung Gleichstellung an den Tag legt, zum Wohle unser aller Stadt. Zu Ihren interessanten Einwänden möchte ich wie folgt in aller Kürze Stellung nehmen:

Punkt a) Braut reimt sich auf Kraut, Frau leider nicht, auch der Künstler selbst, der Herr Hurensohn, dem ich in einem persönlichen Gespräch Ihre Bedenken zu vermitteln vermochte, sieht hier keine handwerklich saubere Möglichkeit zur Korrektur. Punkt b) Hier muss ich ein wenig weiter ausholen: Das können Sie vielleicht nicht wissen, aber das Wort *geil* steht heutzutage nicht nur für die sexuelle Anziehungskraft, sondern auch für einen anerkennenden Ausruf aufgrund besonderer Eigenschaften oder Talente, wie Klugheit, Schönheit, musische oder poetische Begabung, kurzum *geil* ist in unseren modernen Zeiten ein sehr viel stärkeres Adjektiv als *klug*. Und so wird die Frau, die durchaus auch stellvertretend für LA gemeint ist, wie Sie richtig erkannt haben, so wird die Frau also nicht nur als Aphrodite, sondern gleichzeitig auch als Hera, Demeter, Artemis, Athene, Hestia, Persephone und Hebe tituliert, und das alles mit nur einem einzigen Wort: Geil.«

15. November

Die Bundeskanzlerin hat sich noch immer nicht gemeldet.

16. November

Es gab weitere Einwände seitens der Gleichstellung, doch unser Captain blieb ein Fels in der Brandung, diese Kämpfe, sagte er, diese Kämpfe machen ihn stark, diese Kämpfe machen ihn erst zu dem, der er ist, ohne diese Kämpfe wäre er nichts! Teil eines solchen Teams zu sein erfüllt mich mit Stolz.

17. November

Konnte unserem Captain ein kleines Budget für die Hymne entlocken. Wir werden 500 limitierte Singles pressen lassen, Oldschool, hip, Matti macht das Cover, Mahlzeit das Video.

18. November

Chicago sagt, dass er die LA-Hymne nicht unter seinem Namen veröffentlichen kann, andere Vibes, anderer Style. Er hat lange über einen zweiten Künstlernamen nachgedacht, ist dann auf die LGBT-Bewegung gekommen, die total hip ist und immer größer wird, wie er sagt. Trotzdem trifft mich sein Vorschlag wie Wackelpudding: »Ich dachte, ich nenne mich Homie Homo. Was meinst du?«

19. November

Habe lange über Homie Homo nachgedacht und Chicago bei einer Runde Magnum Mandel erklärt, dass LA für diesen Namen noch nicht bereit sei. Den welpigen Blick seiner Augen werde ich nie vergessen.

20. November

Chicago hält an seinem zweiten Künstlernamen fest. Sturer Hund. Ich habe noch immer vor Augen, wie sehr er nach Yakuzas Outing am Boden zerstört war. Und jetzt? Er sagt, dieser Name habe alles, was es braucht, er sei kontrovers, einprägsam, lustig, Prise Trash, easy, er könnte damit der Earl Sweatshirt von LA werden oder zumindest der Timi Hendrix von Wolfhagen. Meine Aufgabe als Manager soll es sein, Gerüchte zu streuen, dass er nicht nur homo, sondern bi sei, sonst wären die Chicks nicht so am Start, nur so bestbuddymäßig, und das wäre uncool.

21. November

Besuche mit Karla die *Farm der Misanthropen* in Hückelhoven. Kommen aber zu spät, sie ist verlassen und verwahrlost. Nur noch zwei verwitterte Schilder sind im Unterholz zu finden. Wir befreien sie von Sand und Gestrüpp und lesen: *Tiere sind die besseren Menschen* und *Humanismus ist ein Widerspruch in sich.* Frage Karla, ob das Kaffeewerbung ist, sie zuckt nur mit den Schultern.

22. November

Habe einen Schriftsteller kennengelernt! Total zufällig. Ich saß gedankenverloren im *Flohmarkt* bei einem herrlichen Glas Fanta, als ein schwarz gekleideter Mann mit schütterem Haupthaar sich zu mir gesellte. Er stellte sich als Nosferatu Schulz vor, der abenteuerliche Romane im Genre Steampunk und Gothik schreibt, die sich sehr gut auf Mittelaltermärkten verkaufen, weshalb er im Broterwerb der Martin Rütter der Wellensittiche sei. Ich fragte, wer, er sagte, ich flüstere, ich fragte, bitte, er sagte, Wellensittiche. Ich habe dann die Fanta ausgetrunken und bin nach Hause gegangen.

23. November

War mit Karla bei Wozzeck nach Woyzeck. Arbeitsloser Perückenmacher techtelmechtelt mit Witwe eines Chirurgen und bringt sie dann um. Tolle Geschichte, tolles Bühnenbild und zum wiederholten Male grandiose Sänger und Sängerinnen. Karla indes musste meine Euphorie natürlich trüben und sagte, dass Zauberflöte und Wozzeck zwei der netten Ausnahmen seien, ansonsten sei man hier am liebsten gestrig, ich solle froh sein, dass wir uns nicht Don Pasquale von »Eprimo-Kasper Villazón« anschauen oder irgendwas von Lehár mit »Humor aus der Tupperdose«. Ich fragte, warum nicht, Karla antwortete nonverbal, mit einem Tritt gegen mein Schienbein, gebrochen, mehrfach.

24. November

Captain LA ist leichenblass. Er war auf einem Zukunftsworkshop in München. Dort waren nicht nur heimische Forscher, sondern auch Hochkaräter aus dem Silicon Valley zugegen. Die künstliche Intelligenz, fasst Captain LA zusammen, wird alles verändern. Das hätte ich ihm auch sagen können, deswegen bin ich ja hier. Wonder Yvonne fragt, was genau das bedeuten soll. »Arbeit zum Beispiel«, sagt Captain LA, »ist ein Auslaufmodell, von Fernfahrern, Bankberatern oder Sachbearbeitern sprachen die schon gar nicht mehr, auch Juristen und Allgemeinmediziner sind schon so gut wie verloren, da das Auswendiglernen und die Wiedergabe von Wissen in naher Zukunft keine Qualifikationen mehr sind. Es gibt in Zukunft, verkürzt gesagt, nur vier Bereiche, für die temporär noch Menschen gebraucht werden: Forschung, Handwerk, Spiele und Kultur. Und wer sein Land, seine Stadt, seine Gesellschaft nicht jetzt darauf vorbereitet, handelt grob fahrlässig. Ich habe es immer gesagt, ich habe es immer gesagt!«

25. November

Chicago hat sich jetzt im Gesicht tätowieren lassen, einen Schmetterling, einen Schwalbenschwanz, um genauer zu sein. Sieht supischön aus, wie ich finde, und Charlie Brown, der auf Chicagos Hals verewigt ist, kann nun ein Leben lang mit einem Schmetterling liebäugeln.

26. November

Karla ist festlich angezogen. Ganz in Schwarz. Ich weiß mittlerweile, was das bedeutet, und frage, was passiert ist. »Die Frau meines Bruders ist bei einem Autounfall ums Leben gekommen.«

»Oh, das tut mir leid.«

»Mir nicht.«

»Bitte?«

»Ich habe sie gehasst, diese verlogene Schlampe, aber für meinen Bruder tut es mir leid, und vor allem für Maja.«

»Wen?«

»Meine Nichte, sie ist erst sechs, supercool, klug und traurig.«

Oh.

27. November

Puh, war wieder total anstrengend im Büro. Drei Mails und zwei Anrufe. Brauche dringend Urlaub.

28. November

War heute im Referat 245 zu Besuch. Im Standesamt. Wollte sehen, wie genau der ewige Bund fürs Leben geschlossen wird. Ich schummelte mich bei Janine und Jonas mit ein, einem jungen Paar, Anfang 30, mittelhübsch. Der Raum war feierlich hergerichtet mit einer in die Tage gekommenen Chrysantheme, die auf einem Schreibtisch als i-Tüpfelchen tüpfelte. Ich weiß nicht, ob Janine und Jonas ihr Glück überhaupt fassen konnten, aber mit Bernd Jäger-Bergmann hatten sie einen der Topleute unter den Standesbeamten erwischt, Mitglied im Bundesverband der Deutschen Standesbeamtinnen und Standesbeamten, der 1997 an der Akademie für Personenstandswesen in Bad Salzschlirf für Furore gesorgt hatte, als er die Seminare *Eheschließungs- und Lebenspartnerschaftsrecht 2* und *Nachbeurkundung von Personenstandsfällen* mit Auszeichnung absolvierte. Rein äußerlich eine gestandene Figur und auch krawattentechnisch up to date, Dalmatiner sind in meinen Augen momentan ein modisches Must-have. Nach einem erfolgreichen Händeschütteln monotonte Bernd Jäger-Bergmann vom schönsten Tag des Lebens und erzählte erfrischende Anekdoten aus den wilden Jugendtagen der Liebenden, etwas mit Kissenschlachten und Geschwindigkeitsübertretungen im einstelligen Bereich. Zum Höhepunkt hin unterschrieben die Vermählungswilligen Papiere, vielleicht wegen der Garantie oder so. Eine in Roséfarben gekleidete Trauzeugin weinte, so traurig fand ich es aber gar nicht. Zur Feier des Tages gab es lieblichen Sekt, wahlweise Orangensaft ohne Fruchtfleisch von Valensina, dabei mag ich Granini viel lieber. Ich fragte Jonas, warum es keine Erdnüsse gäbe, er fragte, wer ich sei, doch noch bevor ich hätte antworten können, hüpften zwei dicke Kinder herbei und bewarfen das Brautpaar mit Reiskörnern, von denen ein Kind in Afrika einen Monat lang hätte leben können und nun sterben muss.

29. November

Karla hat dunkle Wolken. Um sie aufzuheitern, schlage ich einen Ausflug zu Heinemann vor, zum besten Nusskuchen aller Hemisphären, doch sie sagt nur: »Mir ist nicht nach Apricot-Menschen.« Als Kontrastprogramm schlage ich das AK 47 vor, aber auch hier stoße ich auf eine Betonwand: »Auf Milf Punks habe ich noch viel weniger Bock.«

30. November

Habe im Tanzlokal Waldemar & Friedemann die Prostituierte Horst kennengelernt und mich ein wenig in ihren Oberlippenflaum verliebt. Fragte mich allerdings, warum keine Frauen zugegen waren, obwohl alles so liebevoll plüschig eingerichtet war.

1. Dezember

Karla hat immer noch dunkle Wolken. Habe ihr ein T-Shirt bedrucken lassen, mit einem ihrer Helden: Walter Spahrbier. Hat aber nichts gebracht. Sie hatte Tränen in den Augen.

2. Dezember

Hallo Herpes. Ich mag dich nicht. Geh weg.

3. Dezember

Wagner, du alte Schrapnelle, ich liebe dich! Konnte Karla nur unter Aufbietung all meines Charmes zu Wagner (»Scheiß Antisemit, als Komponist leider interessant.«) überreden. Wagner ist so was von Heavy Metal! Das Rheingold in Duisburg hatte alles, was es braucht: Macht, Moral, Gier,

Größenwahn, Verrat, Fluch und Brudermord und war von Wotan bis Donner, von Fricka bis Freia grandios besetzt! Herzchen.

4. Dezember

Im Büro lässt das Team den Montag locker angehen. Alle erzählen von den Abenteuern ihres Wochenendes, viel mit Fernsehen. Als sich Wonder Yvonne über Iron Jörgs Ausflug nach Frankfurt und den Grund dafür lustig macht, steht Iron Jörg von seinem Bürostuhl auf, stützt sich mit den Fäusten am Schreibtisch ab und zitiert freizügig mit leiser, die Luft schneidender Stimme: »Wer das Maggi Kochstudio disst, hat die Kontrolle über sein Leben verloren.«

5. Dezember

Morgen ist Nikolaus. Aus diesem Grund stellen die Einheimischen ihre Schuhe vor die Tür, damit dieser gewisse Nikolaus Süßigkeiten hineinlegen kann. Ich stelle sicherheitshalber alle meine Schuhe raus.

6. Dezember

Nichts. Nicht mal ein Hanuta. Entweder hat Monsieur Nikolaus einen großen Bogen um LA gemacht, oder er hat krankgefeiert. Beides nicht die feine Art.

7. Dezember

Die Singles sind angekommen! Sehen galaktisch aus. Ein 83er Ford Sierra in Kanariengelb steht in einer Parklücke vor einem Gartenzaun. Es ist diesig, die wenigen Farben wirken nahezu monochrom, im oberen Teil steht fett LA, darunter Homie Homo. Ich nehme die Single aus der Hülle, Sonderfarbe, Gelb wie das Auto, wende sie und schaue auf den Titel der B-Seite. Chicago hatte erwähnt, dass er einen zweiten Song aufnehmen wolle. Ich hatte mir nichts weiter dabei gedacht, bin allerdings unsicher, ob die B-Seite auch zur A-Seite passt. Der Song heißt: *Style dich doggy.*

8. Dezember

Mache mit Chicago und seiner Boombox eine Tour durch LA, mit Blitzauftritten in der Fußgängerzone, bei Rossmann, vor der Parfümerie Becker. Er hat für die Tour sogar ein eigenes Bühnenoutfit, einen eng anliegenden Nickischlafanzug mit ganz vielen kopulierenden Häschen. Wunderschön!

9. Dezember

Der zweite Tag der LA-Tour läuft sensationell. Es scheint sich wie ein Lauffeuer herumgesprochen zu haben, dass Chicago die beiden Songs der Single live performt. Auf dem Pausenhof des Konrad-Adenauer-Gymnasiums versammeln sich mehr als 400 Schüler um Chicago und gehen steil, als er *Style dich doggy* anstimmt.

10. Dezember

Einer der Schüler hat ein Video von Chicagos Auftritt auf YouTube hochgeladen. Über Nacht liegt es bei 53 219 Aufrufen! Chicago meint, es sei der Marvin-Gaye-Rhythmus, der die Leute zum Swingen bringe, und textlich sei es natürlich auch der Burner. Keine Frage. Dabei besteht der Text – trotz aller Wiederholungen, Dopplungen und Verschiebungen – nur aus einem Satz: *Bin so froggy, style dich doggy, uh.*

11. Dezember

MM im Treppenhaus getroffen. Sie sah völlig verändert aus, leuchtendes Gewand, feurige Haare, bunte Ketten. Frage, was passiert sei. Erotische Erweckung, sagt sie, die Seminare bei Kamasutra Inge haben aus ihr einen völlig neuen Menschen gemacht. Dass sie mit 81 Jahren noch einmal so aktiv sein würde, hätte sie selbst nicht für möglich gehalten. Ob ich mal auf ein Likörchen vorbeikommen und ihre neue Dildosammlung anschauen wolle. Gerne.

12. Dezember

Der dritte Tag der LA-Tour. Mittlerweile scheint die ganze Stadt zu wissen, dass Chicago unterwegs ist. Als wir eine Betriebsversammlung bei Orthomol crashen, geht die Belegschaft ab, als bestehe sie aus 14-jährigen Boyband-Groupies. Auf dem Marktplatz ein ähnliches Bild, Captain LA und Dr. Maria Mertens stehen sogar friedlich nebeneinander und bewegen leidenschaftlich ungelenk ihre Hüften. Musik verbindet!

13. Dezember

Reitgefährtin Ludmilla fragt, ob ich sie zur Apotheke begleiten könne, ihrer Großmutter gehe es nicht gut. Da sie gehört habe, dass die Drogenverkäufer in Not Geratene übers Ohr ziehen, erbete sie meine Begleitung zum Schutze. Für einen Gentleman eine Selbstverständlichkeit!

Für mich eher nicht so günstig, da ich in die völlig andere Richtung muss, damit ich nicht immer den gleichen Weg gehe. Statute eins der Wiescheider Cowboys*innen aber lautet: Für deine Gefährten wirst du dein Leben geben. Ich gebe Ludmilla also mein Leben, umsonst, wie sich herausstellt, denn die Apothekerin macht überhaupt keinen gefährlichen Eindruck, ganz im Gegenteil, sie lächelt und fragt mit goldener Stimme, wie sie behilflich sein könne. »Guten Tag«, sagt Ludmilla und mustert ihr Gegenüber skeptisch, »ich hätte gerne ein Pfund Drogen. Halb und halb.«

14. Dezember

Ausverkauft! Alle Singles sind weg!

15. Dezember

Karla fragt, ob ich über Weihnachten zu meiner Familie fahre. Ich sage, dass ich keine Familie habe. Sie schaut mich komisch an.

16. Dezember

Fahre mit Chicago zum Großeinkauf nach real. Das Autoradio spielt die letzten Takte von *Grauer Beton*. Der Moderator erzählt von bunten Socken, die seine Freundin ihm zu Nikolaus geschenkt hat, macht einen Witz über Dosenöffner, den ich nicht verstehe, und fragt dann: »Seid ihr auch so froggy? Hier ist der Shootingstar der letzten Woche, und auch ich kann nur sagen, fett, mein Bruder, fett, hier ist Homie Homo aus LA mit *Style dich doggy*.« Wir gehen durchs Autodach!

17. Dezember

Habe heute *Freuden der Jugend* von Denton Welch aus dem Hause Steidl gelesen. Riesenfan!

18. Dezember

Karla sagt, ich könne mit nach Laboe an die Kieler Förde. Ihre Eltern haben dort ein Ferienhaus und einmal im Jahr treffe sich die Familie dort. Ich sage pro forma, nur wenn ich nicht stören würde, sie sagt, dass ich selbstverständlich stören würde, deshalb würde sie mich ja mitnehmen. Eine Bedingung gäbe es: Heinzerhardt und ich müssen für Maja den Weihnachtsmann und das Rentier Rudolph geben. Ich sage, nullkommanull Problemo, ich habe eine Büffelherde gespielt, da spiele ich einen Weihnachtsmann aus der Hüfte.

19. Dezember

Ärger. Die üblichen Verdächtigen aus der Stadtverwaltung echauffieren sich über die nicht jugendfreie Sprache und das schlechte Beispiel, das man abgebe, man mache sich lächerlich, sagen sie. Unser Captain ruft das Team zusammen, er stellt sich mitten in den Raum, ein Meter neunzig, hundert Kilo, die Hände in den Hüften, eine imposante Statur. Und dann hält er eine Brandrede: »Mein Team, ich wende mich in diesen schweren Stunden an euch, um Mut zuzusprechen, ich stelle mich vor euch, und ich stelle mich hinter euch, ich bin stolz, Teil dieser eingeschworenen Gemeinschaft zu sein.

Wir alle hier haben von den schwerwiegenden Anschuldigungen uns gegenüber gehört. Ich möchte dazu Folgendes sagen: Schuldig! Wir geben ein schlechtes Beispiel ab! Für die Bürostuhlaufpasser! Endlich sind auch wir wieder mal in der überregionalen Presse und nicht nur im lokalen Pipapo, man spricht wieder über uns, wir sprechen über uns, und was machen Hinz und Kunz? Sie tun das, was sie am besten können: Sie laufen rot an. Genug, sage ich! Genug mit dieser Kleingeistigkeit! Wenn wir nur noch Brauchtum, nur noch Bratapfelmarkt machen, dann werden wir selbst zum Bratapfel! Wir brauchen Reibung, wir brauchen Mut, wir brauchen frische Ideen und gewagte Konzepte! Machen, nicht nur reden, wagen, nicht nur abwägen! Und so sage ich: Das ist erst der Anfang! Wir werden glorreich und wir werden peinlich sein, aber langweilig, das werden wir nicht mehr sein! Ich werde die Freigeister dieser Stadt zusammenbringen, ich werde dafür kämpfen, dass wir die kulturelle und digitale Erneuerung nicht verschlafen, dass wir zeigen, welches Potenzial in Teilen dieser Bevölkerung schlummert, selbst wenn es mich meinen Job kosten sollte! Wir sind der TTLA, wir stehen in der Verantwortung, wir haben keine Angst, wir weichen nicht zurück, egal wie hart der Wind uns auch ins Gesicht wehen mag! Einer für alle!«

»Alle für einen!« Tosender Applaus! Das ist unser Captain, unser Mann auf der Brücke, der das Schiff durch stürmische Gewässer in eine glorreiche Zukunft lenken wird! Hurra!

20. Dezember

Heiermann Gonzales hat angefragt, ob Chicago ihn auf der kommenden Tour begleiten will. Chicago ist auf Wolke 1000.

21. Dezember

Mit Klausi auf den Weihnachtsmarkt. Er Glühwein, ich Fanta, Heinzerhardt Gulaschkanone.

22. Dezember

Eine gewisse Shania Müller hat angerufen und gefragt, ob ich mal die Welt abonnieren möchte. Die Welt. Warum nicht gleich das Universum? Total durchgeknallt.

23. Dezember

Karla fragt, ob ich an das Weihnachtsmannkostüm gedacht habe. Ich lüge »Selbstverständlich!« und rase zum Partydiscount. Das Geweih für Heinzerhardt ist vorrätig, der Weihnachtsmann leider ausverkauft, aber ich finde einen Ersatz, auch religiös, auch schön.

24. Dezember

Da MM keine Angehörigen mehr hat, habe ich ihre Einladung zum christlichen Kaffeeklatsch mit Bienenstich und den schönsten Weihnachtsliedern von Harry Belafonte angenommen. Sie trägt einen Pullover mit Hirschmotiven, den ich in höchsten Tönen bewundere. Sie goutiert mein Tennisstirnband von Björn Borg, mit dem ich aussehe wie Björn Borg, und scheint mich heute besonders unterhaltsam zu finden, denn jeden zweiten meiner Sätze kommentiert sie mit: »Darauf einen Dujardin!« Es dauert keine zwei Stunden, bis sie mich Jesus von Duisburg nennt und fragt, wo ich Derrick gelassen habe.

25. Dezember

Fahre mit Karla nach Laboe. Sie erzählt von ihrer Familie, von ihrem Vater, einem erfolglosen Dichter, und von ihrer erfolgreichen Mutter, die Karriere als Managerin bei Bayer gemacht hat. Vater schwierig, Mutter nett, Bruder ruhig, sagt Karla, und dass es diese Woche nur um Maja gehe, und ob ich an das Kostüm gedacht habe. Natürlich!

26. Dezember

Maja macht die Tür auf, und Heinzerhardt flippt total aus, Riesenfreude, heftiger epileptischer Anfall, er springt wie ein Flummi, ich beachte ihn nicht weiter, konzentriere mich auf den eigens für diesen Anlass von Chicago komponierten Vierzeiler und sprechsinge:

»Ho ho ho, klingelingeling,
Christmas ist total mein Ding,
sei nicht artig, sei Randale,
Flicflac auf Bananenschale!«

Maja steht die ganze Zeit über wie versteinert da, mit weit aufgerissenen Augen und offenem Mund. Von hinten höre ich eine Stimme: »Und, Maja, wer ist denn da an der Tür, ist es etwa der Weihnachtsmann?«

Maja verbleibt in der vollkommenen Starre, kann jedoch erstaunlicherweise sprechen, sie sagt: »Nein.«

»Nein? Wer ist es dann?«

»Ein dicker Mann in einem Hasenkostüm und ein Kampfhund mit einem Hirschgeweih. Ich glaube, sie wollen mich essen.«

»Was?«

»Lebendig.«

27. Dezember

Maja und Heinzerhardt sind binnen weniger Minuten allerbeste Freunde geworden. Mich beäugt sie nach wie vor ein wenig misstrauisch. Auch bei Martin, Karlas Vater, scheint mein natürlicher Charme Umwege zu nehmen. »Ah, der Willi«, begrüßt er mich, wann immer wir uns sehen. Werde ihm Schokolade kaufen und sagen: Merci, dass es dich gibt. Alte Schule.

28. Dezember

Besuche mit Heinzerhardt das Strandlädchen Laboe und kaufe Souvenirs für die Lieben daheim. Habe Fantastisches gefunden: Möwe auf Stein, Flaschenöffner *Germany*, Schlüsselanhänger *I love Ostsee*. Schwere Wahl. Entscheide mich schließlich für die Flaschenöffner. Fünf zum Preis von fünf. Hurra.

29. Dezember

Da ich mich nicht mehr persönlich von allen verabschieden kann, schreibe ich einen persönlichen Formbrief:

Briefkopf: Hier steht Ihr Name, Anschrift oder Ihre Firma und Firmenlogo

Liebe/r …

wie Du Dir wahrscheinlich schon gedacht hast, bin ich ein Außerirdischer, der nur für eine kurze Zeit die Erde besucht. Meine erste Station war: golden! Das Wetter toll, die Landschaft atemberaubend und das Essen: Liebe. Es war ein großes Abenteuer, Dich kennengelernt zu haben.

Mach's gut, und danke für das Wirbeltier mit den Kiemen.

Dein Willow

Memo an mich: Dran denken, Flaschenöffner *Germany* beizulegen.

30. Dezember

Gehe mit Maja, Heinzerhardt und Karla den Strand entlang und schaue den Wellen beim Branden zu. Der Wind ist frisch, das Meer schäumt wie Schauma, und die Möwen kreischen in der Ferne. Karla erzählt von ihren Plänen, wahlweise nach Berlin oder nach Las Vegas zu ziehen, sobald sie ihr Studium beendet hat. Das klingt aufregend, sage ich und frage, ob sie Heinzerhardt mitnehmen könne, da meine Zeit hier abgelaufen sei.

Sie schaut mich komisch an.

Dann sagt sie, dass sie viele Dinge nicht erklären könne, nicht nur die Sache mit dem Fallschirm, und dann fragt sie, ob ich wirklich ein Außerirdischer sei. Dieses eine Mal nehme ich sie kurz in den Arm und sage

nichts.

31. Dezember

Als Chronist war es meine Aufgabe zu leben. Wie ein Mensch. Das habe ich getan, und es bleiben sehr viele Fragen zu dieser lustigen, gewalttätigen und äußerst merkwürdigen Spezies, die in den letzten Zügen ihres primitiven Stadiums ist. Deshalb ist es auch unglaublich spannend, sie noch zu erleben, bevor sie dank der Evolution die nächste Stufe erklimmen wird. Nach 300 000 Jahren wird es allerdings auch Zeit.

Meine Reise hat gerade erst begonnen, es gibt noch viel zu erkunden, Religion, Fußball, Drogen, Plumpudding! Morgen schon werde ich in England aufwachen. Wie wirst du wohl sein, mein England, wie wirst du wohl so sein?